下田美咲

人生の作戦会議！

なんでも解決しちゃう女、王生際ハナコ

幻冬舎

人生の作戦会議！

なんでも解決しちゃう女、王生際ハナコ

ケース1　本命になれない女　5
ケース2　客がつかない女　33
ケース3　彼女が一度もできたことがない男　61
ケース4　年収が低い男　87
ケース5　不倫から抜け出せない女　109
ケース6　自信がない男　137
ケース7　セックスレスの女　163
ケース8　会社にいづらい女　201
ケース9　運が悪い女　235

イラスト：もりちか
装　丁：萩原弦一郎（256）

ケース1

本命になれない女

「あなたの人生の作戦会議をします」

拓海《たくみ》との待ち合わせに愛用しているカフェの一角に、その張り紙が張り出されるようになったのは3カ月ほど前のことだ。なんだろうこれ。作戦会議？　占いやカウンセリングの類いだろうか？　目に入るたび、ぼんやりと考える。今日だけで、このことについて考えるのは5度目だ。

江梨子《えりこ》がカフェに着いてから、かれこれ1時間が経過していた。拓海と会うのは1カ月ぶりで、これは拓海との待ち合わせ、いや、厳密には、拓海をスタンバイしている状態だ。

連絡がくるのはいつも突然で、集合時間は、いつもぼやけている。「終わり次第向かうから、いつもの所で待っていて」と。いつも合間なのだ。用事と用事の合間、ちょっと空いてしまったような時間にしか、拓海は自分と会う予定を立てない。

休みの日であれば、きっかり13時などからの待ち合わせができるのだろうし、彼女とはそうしているのだろうが、所詮、本命ではない自分には、ちゃんとした待ち合わせができるような休日はあてがわれないのだ。

拓海とは街コンで知り合った。どちらかと言えば、彼のほうが先に自分に目をつけた感じだったし、連絡先を訊《き》いてきたのも、一度目のデートに誘ってきたのも彼のほうだったから、このまま当然のように彼女になれるものだと思って、告白されるのを待っていた。

❖

一度目のデートの時、正直に言えば、江梨子はもうかなり拓海に惹かれていた。そもそも顔が好みだったし、何の話をしていてもコメントに優しさがあるところや、お酒の飲み方が綺麗なところ、煙草を吸うけれど煙の流れには配慮している様子があるところなど、ちょっとした所作のひとつひとつに育ちのよさが出ていた。どこに出しても恥ずかしくない彼氏としての姿と、近い将来、そんな彼の横で大切にされている自分の姿が目に浮かんだ。

あの日の帰り際、拓海は「どうしようか、この後」と訊いてきた。23時半くらいだった。本音は、この楽しい時間が延長されたらいいなぁと思っていたし、まだ一緒にいたかったけれど、この人の彼女になりたい気持ちが育ちはじめている今、彼女にするに相応しい女の対応をするべきだ、きっと。そう思った。

今からでは、どこへ行くにせよ、終電は確実に逃してしまう。一度目のデートで、まだ付き合ってもいないのに、簡単に終電を逃す女。ここで帰らなかったら、彼の目にはそう映ることになるだろう。それでは都合のいい女にされかねない。私は、彼女になりたいのだ。

「あー……うん、今日は帰ろうかな」

そう言うと拓海は「明日仕事？　早いの？」と訊いてきた。「ううん、そうじゃないけど。終電なくなっちゃうから、帰らなきゃ」そう答えると「そっか、じゃあ駅まで送るね。何線？」と訊いてくれて、紳士で素敵、早くこの人の彼女になりたい、と思い、今ここで「僕と付き合ってください」の・言を口にしてくれたら、私は今日帰らなくてもいいんだけどな、と後ろ髪をひかれながら、江梨子は改札を抜けた。

早く次のデートの日を決めたい、と思いながら家路につき、拓海からの連絡を待っていたけれど、翌朝になっても何もきていなかった。ソワソワしながら仕事をこなして夜になったけれど、やっぱり何も届いていなかったので、しびれを切らして自分から送った。

「昨日はありがとう！　ごちそうさまでした」

連絡が返ってきたのは、翌日の夜になってからで「無事に帰れたようで、よかったよー！　こちらこそありがとねー！」という一言だけだった。

あれ？　次のデートをとり決める流れは？　と思ったけれど、拓海からのメッセージはそれで全部だった。

街コンの日から一度目のデートの日までは毎日何かしらやりとりしていたのに、連絡が途絶えてしまった。数日おきに、何かしらの口実をつくって連絡を再開させるようにしたけれど（この前話していたあの曲のタイトルってなんだっけ？　とか、美味《おい》しいって言っていたの何てお店だっけ？　とか）こちらからメッセージを送れば反応はあったけれど、やりとりをしていて、盛り上がる感じはなかった。

なぜだろう？　顔が見えないから、飲みながら話していた時の彼と温度差を感じるのだろうか？　会えば、このモヤモヤは晴れるだろうか？　なんとかして、次のデートにこぎつけたい……そう思って、そこからはけっこうがむしゃらになって誘った。

ようやく二度目のデートができたのは、それから1カ月近くたった頃だった。「今日急に予定が空いたのだけど、この後、時間あったりしない？　飲まない？」と江梨子が送ったら「この後だったらいいよ」と返ってきて、やっと会えたのだ。そしてその日に、江梨子は拓海と寝た。

寝た後も、やっぱり告白はされなくて、メッセージのやりとりが盛り上がらないのも変わらなくて、だけど時々、急に「今日、会える？」と連絡をくれるようにはなって、かれこれ1年くらい、江梨子の人生には拓海がいる。

今日も江梨子は拓海から「仕事終わりに会う？」と急に誘われたのだった。

❖

「ていうか、拓海、いつ来るんだろう」

手元に視線を落とすと、スマホが短く震えて液晶が光った。

「ごめん、今日、仕事まだだいぶかかるやー。また今度にしよう」

え、ドタキャン……。もうすぐ会えると思っていた時の会えないダメージを、この人は、知らないのだろうか。嘘でしょ、勘弁してよ、1カ月ぶりなのに、急に会えることになったから、さっきわざわざ薬局で安全カミソリを買って最低限のムダ毛処理をしたのに。何コレ。すごく無駄。家に帰れば別にシェイバーなんてあるのに、拓海がいっつも急に連絡してくるせいで、こんな無駄な買い物までして、焦りながら身支度しているのに。何なの。すごく虚しい。

私って何なんだろう。本命だったら、前の日の夜にゆっくり、ちゃんとソープを泡立てて滑りをよくして、リラックスした気持ちでムダ毛の処理だってできるし、万全な私で会えるのに。虚しい……。

江梨子は今にも泣き出しそうだった。が、実際に泣くには、あともうひと刺しほしい感じで、泣くに泣けないというか、涙が出るほどではない。もういっそ、ひとおもいに、泣けるほど傷つけられたほうがスッキリできそうな気がする。

「コーヒーのおかわりは、いかがですか？」

気づけば、かれこれ2時間、会えもしない拓海をスタンバイしていた。すっかり空っぽになったカップを見て、ウェイトレスが訊《たず》ねてきた。

「あ、いや、もう出るので……あ、あの！　そこの張り紙って、何ですか？　あなたの人生の作戦会議をします、ってやつ」

やっと会えると思って、2時間も粘った末のドタキャンにすっかりダメージをくらっていた江梨子は、ちょっと頭をやられていたんだと思う。気がついたら、ウェイトレスに、あの妙な張り紙について訊いていた。

「解決したいお悩みが、おありでしょうか？」

そう訊かれて、一瞬言葉に詰まった。

「……はい。このままでは嫌だな、って思うことがあって」

「そうですか。少々お待ちくださいね」

そう言うと、ウェイトレスはエプロンのポケットからメモをとり出し、何やら書きこんで、「ここを訪ねてみてください。必ず、解決してくれると思いますよ」と言って、江梨子にメモを手渡した。

「王生際《おうじょうぎわ》ハナコ作戦会議室……？」

❖

メモに書かれた住所は、カフェから歩いて5分ほどの所にあるマンションだった。ここに作戦会議室が……。ていうか、作戦て何……。と思いながら、ドタキャンによって疲弊していた江梨子は、思考回路ショート状態だったので、あまり何も考えずチャイムを鳴らした。

受付スタッフらしき若い男性が出てきて、最初に料金システムを説明された。時間制で、占いくらいの値段だった。60分を希望すると、個室に案内され「先生が、あと10分ほどで参りますので、少々お待ちください」とのことだ。

ひとりになると、部屋の中には、控えめなボリュームでクラブソングが流れていることに気づいた。こういう所はクラシックとかジャズとかヒーリング音楽をかけるようなイメージがあったので、意外に感じた。

とにかくシンプルな部屋だった。サーモンピンク色のイスが2脚とオフホワイトのテーブルが1つ、それに間接照明があるだけ。照明は黄みがかっていて、バーほどは暗くなくて、オフィスほどは明るくない。ため息を吐《つ》いたついでに深呼吸をすると、チョコミントのような香りがした。

「じゃ！　ミッションがんばってねー!!　またねー！」

廊下のほうから声が聞こえた。と思ったら、コンコン、とノックの音がして、ビクッとしたその時、ドアが開き女の人が入ってきた。

「こんにちは、王生際ハナコです」

すごく綺麗な人だった。透明感、とはこの人のためにある言葉だ、と思った。透けるように白い肌に、溢れそうなほど大きいけれど甘いだけではない鋭さのある目が印象的な「お人形さん」みたいな顔立ち。柔らかそうな栗色のフワフワした巻き髪。シフォン素材の白いブラウスが、とてもよく似合う華奢《きゃしゃ》な身体。

優しげで地味なカウンセラーや、うさん臭くて古臭い占い師のような人を想像していた江梨子は、そのギャップの大きさに呆気にとられて返事もできずにいた。しかし、江梨子のような反応は初回客の定番なのか、ハナコは自己紹介を無視されたことはとくに気にしていない様子で江梨子の正面に座ると、ノートを開いた。

「ここに、お名前書いてもらってもいい？」

そう言って、ハナコはまっさらなページとピンクのボールペンを、こちらに差し出してきた。佐々木《ささき》江梨子、と書いて戻す。

「今、何歳？」

「28です……」

そうなんだー、と言いながら、ハナコは名前の横に年齢を書き加えた。ノートには「佐々木江梨子（28）」という一行だけが浮かんでいる。よし、と頷いてから、そうだ、と呟き、ハナコは改まったようにこちらを見た。

「私は占い師ではないので未来の予言をする係ではありませんし、心理カウンセラーでもないので心の治療もいたしません。私の仕事は、お悩みを解決することです。一緒に、あなたの人生の問題解決をします。具体的に言うと、あなたが欲しい未来を手に入れるための作戦を、一緒に考えるというわけです」

占い師ではない……カウンセラーではない……。

「そのことのために、今日から取り組めるミッションを決めて、あなたの人生を動かしていきましょう」

ミッション……？

「で。悩みがあるんだよね？　どうしたの？」

ハナコは先ほどの改まった表情から一転して、リラックスした様子でニコニコしながら訊いてきた。

何から話せばいいのかわからなかったけれど「恋系？　仕事系？」「好きな人がいるの？　片思い？　両思い？　恋人？」「いつ出会ったの？」「どこで？」「それから？」「1回目のデートはどこへ行ったの？　何時に集合して、何をして、何時に解散したの？」「どう思ったの？」「性行為は？」「それはどうして？」「その後の連絡は？」と、次々に出てくるハナコからの問いかけに誘導される形で、この1年の拓海との日々を話した。

どれも簡単な質問だったけれど、答えているうちに、いつの間にか、複雑なすべてを説明できてしまっていた。経緯も状況も気持ちも、どれもなかなかこんがらがっていたのに、ものの数分で悩みを打ち明け終わっていた。普段から話し下手なほうではないけれど、それにしても今日はなめらかに話せる。この人のあいづちは、なんだか魔法みたいだ。

魔法使いは、終始メモをとっていた。江梨子が話したことを、ひたすらノートに書きこんでいる。早く書くための工夫なのか、書きこみはキーワード化されていて、江梨子には読めないメモでノートがびっしり埋まっていく。

「なるほどねー、それで、今日はドタキャンだったんだ」

「はい……」

「ちなみに、拓海くんとのLINEのやりとりって、見せてもらってもいい？」

「え、あ、はい、どうぞ……」

友達に見せるのは抵抗があるトーク画面も（拓海に対しても悪いことをしている気がするし、自分が送ったものを見られるのも気まずい。がんばっているのに実っていないし。ひどい扱い受けているし。こんなの恥ずかしくて見せられない）、ここまで赤の他人が相手だと、なんだか、すんなり見せられた。

江梨子は思う。このハナコという女性と私の人生が交わることは、この部屋以外では、きっと一生ないだろう。拓海と出会うこともなさそうに見える。なんというか違う世界の人に見える。極端な美人というのは、自分たちとは違うネットワークで生きている気がする。

どこまでさかのぼっているのか、ハナコはしばらくの間、ひたすら画面をスクロールして見入っていた。そして「なるほどー」と納得した様子で、スマートフォンをテーブルに置いた。

「江梨子ちゃんは、拓海くんの彼女になりたい、のかな？」

「……はい。でも、拓海が私のことをどう思っているのか、よくわからないし……私がこの先、彼女になれる可能性ってあるんでしょうか？」

「現状、拓海くんは江梨子ちゃんのことを、どうも思っていないと思うよ。とくに好きなわけじゃないだろうし、暇な時間ができた時に、暇をつぶすのに都合のいい相手なんだと思う。この先、江梨子ちゃんを彼女にする気は、ぜんぜんないと思うよ。今は、ね」

あまりにもハッキリ言われたので、少しムッとした。そしてほとんど反射的に、江梨子は自分をかばう材料を探した。

「まあ……そもそも彼女いますしね……私がどうとかの前に、彼女いるから無理ですよね……」

そうだ、私がどうとかの前に、拓海には2カ月前から彼女がいる。その時点で、もう無理なのだ。

「いや、今回の彼女は、そんな気にするほどの大物じゃないから大丈夫」

「えっ」

「それにね、全体的に、ポイントは、そこではなくて」

「……!?」

「これはすべての恋に言えることだけれど、大事なのはね『今どう思われているのか』じゃなくて『ここから、どう思われたいのか』だよ。

それにね、江梨子ちゃんの状況だと、今は『現状、彼女になれる可能性があるのか』を量っている場合じゃなくて、『今後、どんな行動をとれば、彼女になれる可能性が生まれるか』って考えたほうがいい」

「……!!」

「そんな風に、今だけを切りとっていたら、諦めるしかないことばっかだよ。でも大丈夫だから。ここから、って考え方をして『拓海くんの好きな人になるための作戦』を立ててみようよ」

拓海の、好きな人になるための、作戦……!?

いつだって「今」を見ていた。誰かの気持ちを量る時は、その人との間に今まで起きたことをもとに「こんな風に言っていたから」「ああいう態度だったから」と思い返しては、期待したり諦めたり、可能性を探って生きてきた。

ここからの行動で、今は持っていない可能性を、新しく生む？　そんなこと考えたこともなかった。

「拓海くんに、好きって伝えたことある？」

「え、あ、ないです。だって、好きって言われていないのに、自分だけそんなこと言ったら負けているみたいで悔しいし。ここで好きって言ってしまったら、もうこの女は俺の思い通りだなって満足されて、一生、彼女にしてもらえなくなる気がするし、どんどん都合のいい女扱いされそうで」

「いや、でも、現時点で思い通りになっているよね（笑）。彼の都合に合わせてスタンバイしているし、付き合えていないまま結局寝ているんだから、都合のいい女扱いとかじゃなくて実際にめちゃめちゃ都合のいい女だし。

彼女にならなきゃ寝ないっていう本来の自分の方針を曲げてまで会いたがって、適齢期の大事な1年を捧げているんだから、負けているみたいも何も、完全に負けているよね。実際に、現実的に（笑）」

「たしかに……」

「まずね、1回目のデートの時に、江梨子ちゃんは、いくつかのミスをしていたよ」

「え、どこですか……？」

「帰ったところ。帰りたくなかったくせに」

「！」

「自分の見え方ばっかり気にしていて、拓海くんの気持ちをまったく見ていなかったところ」

「……!?」

「どうする？　って訊いたってことは、拓海くんは、まだ帰りたくなかったんだよね。楽しかったから。それなのに、一緒に過ごした相手は全然そんな風ではなくて、明日は休みなのに、そそくさと時間厳守で終電で帰っていったら、ああ、こんなに楽しかったのは俺だけだったんだな、俺はこの人を楽しませられなかったんだなって傷つくよ。

どうしても帰りたいなら、せめて、帰らなくてはいけないのっぴきならない理由をつけるべきだったよ。江梨子ちゃんの意志で帰るわけではなく、帰りたくないんだけど帰らなきゃいけない事情があって寂しい、って見せ方をしないと、彼は自信を喪失するから江梨子ちゃんのことを苦手になるよ」

「そんなにですか……!?」

「帰られるのって、かなり、寂しいからね。次のどこかへ向かうわけでもなく、夜だから帰る、家でひとりで寝るために帰る、って、俺との時間は睡眠以下か――……って思うもん。悲しいよ」

「睡眠以下……」

「自分だったら寂しくない？　恋の予感がしている相手と、すごく楽しい時間を過ごした後に、明日は休みでとくに早く帰る必要もないのに、もう寝る時間だからってだけの理由で、帰りたいって言われたら。小さく振っているよねそれ」

「……！」

「それに、翌日の連絡。ありがとう、ごちそうさま、って、少しも感想が入っていないよね。ただの社交辞令だよね。この二言に関しては、とくに書かれていなくても読んだ気になるような可能性すらある定型文だよね。

　そんなことより、会えて嬉しかったこと、一緒にいて楽しかったこと、好きだなって思った瞬間があったこと、そういう個人的な感想を送らないと。だってそれは、拓海くんは知る由もないことだから。江梨子ちゃんの心にわいていたことを、知らせないと」

「……なるほど……！」

「うん。でね、そんな江梨子ちゃんが、ここからやるべきことの話に移ります」

「！」

「ちなみに、今の気持ちは？　今日会えると思っていたのに会えなかった今の、すっごくすっごく素直な気持ちは？　勝ち負けの概念をとり外して、今の気持ちは？」

「……すっごく会いたかった、会えるの楽しみだった、会えなくなって泣きたい」

「大正解。じゃあ、

ミッションその①　その気持ちを素直に伝えること。

はい、今すぐLINE打って」

「え、今ですか!?」

「うん。だって今打ってくれないと、私が添削できないし。あのね、ここ1年のLINEさっきさかのぼってみたけど、好きを隠しすぎだよ。気持ちを伝えてなさすぎ。そんなの、可愛くないから。可愛くない女なんて、恋人にする醍醐味ないから」

「……！」

「男の人は、可愛いと思った女のことを、もっと可愛がるために彼氏になるんだから。可愛がれる女じゃないと彼氏になる意味ないから」

「……！」

「でもね、本当はちゃんと、可愛いこと思っているわけでしょ。可愛い気持ち自体は、いっぱい持っているんだから、ちゃんとそれを、拓海くんに対してお披露目しないと。宝の持ち腐れだからね今まで。もったいないよ」

「もったいない……」

「うん。だから、LINE打って。それで送る前に見せて」

「わかりました、ハナコさん」

いつの間にか、江梨子は目の前の女の人を「この人」ではなく、ハナコさんとして慕いはじめていた。

素直にこの気持ちを伝えるだなんて、これまでの江梨子にはなかった文化だった。自分の中の弱気や照れ屋や意気地なしやカッコつけ達と戦いながらも、なんとか、折り合いがつくレベルでLINEを打ってみる。

「ハナコさん、これで……。どうでしょうか……」

「そっかー残念。会いたかったな。」

「ちょっと直していい？　大丈夫、まだ送らないから」

「あ、はい……お願いします」

スマホを渡すと、ハナコはニコニコしながら楽しそうに編集をはじめた。可愛い。

「これでどう？」

「そっかー(; ;)　今日会えないの寂しすぎる>_<　またすぐ会える時見つけたら教えてね！　すぐね！」

　見せてくれた文章は、江梨子がつくったものより断然可愛くなっているし、江梨子には到底思いつかない表現だった。でも、不思議とまったく違和感のないものだった。それに、これは純粋に江梨子の本音だった。これなら送れる。

「どう？　どう？　これなら送れる？」

　ワクワクした顔つきで、ハナコが訊いてくる。楽しそうな人だ。

「あ、はい。これなら送れるし、なんか、すごいです……」

「この顔文字使いなら、江梨子ちゃんの、セーフラインでしょー？　さっきLINE全部見たから、江梨子ちゃんの価値観と人となりを考えて、無理のない範囲で書いてみたから」

　なるほど、これは私仕様なのか、だからこんなにしっくりくるんだ。江梨子は感心のあまり、絶句した。

「これで送ります……！」

「うん！　で、次ね！

ミッションその②　次に会えたら『好き』って言うこと」

「告白ですか……!?」

「ううん。会う時って、いつも、そのままホテル行って抱かれる、以上、っていうパターンなんだよね？　だとするとー、うん、その最中に、好きって言ってみて」

「！」

「思ってないの？　抱かれながら、好きだって思ってる瞬間、ないの？」

「あります」

「そこ」

「なるほど」

「思い浮かんでいる好きを、声に出すだけ」

「はい」

「うん。そのタイミングであれば、告白みたいな空気にはならないから大丈夫。安心して、声に出しておいで」

「は、はい」

「ミッションその③　会った後に、会えて嬉しかったこと、今日も好きがスクスク育ったことを、LINEで送ること」

「！」

「だって、そうなんでしょ？　会った分だけ好きが育っているから、今日もまだこんなに好きなんでしょ？」

「はい……でも……そんなこと伝えちゃうと、返信が怖い……。なんて返ってくるんだろう」

「江梨子ちゃん。片思いの人が、両思いを目指してがんばる時期には、鉄則があります」

「はい」

「気持ちを伝える時に、相手の反応に期待を持たないようにすること。少しでも、こんな反応をしてほしいって期待を持つと、そうじゃないパターンが返ってくるのが怖すぎて言えなくなってしまうから。両思いになるためにがんばるって決めたなら、その時期は、意図的に、反応を想像するのは禁止にしよう」

「なるほど……」

「嬉しい反応をしてもらうために伝えるのではなくて、知っておいてもらうためだけに伝える、って考えて。それ以上の目的を持たないで。一方的な報告として、好意を伝えるようにして」

「わかりました」

「うん。コレを徹底することで、会える頻度が変わってくると思うよ。最近の平均の逢瀬頻度はー……月1だったんだっけ。じゃあね、きっとすぐに、週1くらいで会えるようになっていくと思うから、まずはそこを目指そう」

「はい……！　やってみます……！」

「OK。あ、そろそろ時間だ。最後に何か質問ある？」

「え、もうそんな時間。えーっとえーと……あ、そうだ」

「うん、なに？」

「最初に言っていた……今回の彼女はそんな大物じゃないから、っていうのは、どういう意味ですか？　会ったことも見たこともないのに、どうしてそんなことが言えるんですか？」

「ああ。だって、まだ付き合って2カ月で、もう浮気しているんでしょ、彼。浮気ってね、どれだけ隠すのがうまくても絶対に、バレるリスクがゼロではないんだよ。だって、性病が出たら逃げ場がないから。

とくにラブラブなカップルの場合は、高い頻度でセックスをするから、もう絶対に隠しきるのは無理で、秘密裏に完治させることが不可能で。バレないように治療しようとしたら、それこそ、会えないし脱げないしで、やっぱりうまくいかなくなるよね。

仮にね、拓海くんが、本命だよってポーズを多方面にしていて、浮気ではなく二股三股かけているのであれば少し話が別なんだけど、彼は江梨子ちゃんに対して、堂々と浮気相手扱いをしているよね。その扱いをするってことは、江梨子ちゃんのことを彼は、簡単にヤレる女って認識を持っているだろうから、他の男が出入りする可能性がある穴だと思っているだろうし、つまり性病を持ちこんでくるリスクがある相手なんだよね、江梨子ちゃんって。

でも、拓海くんは、わりと何の気なしに会おうとしている。

ってことは、絶対に失いたくない女ではないんだよ、その彼女は。何かあった時は、まあ失ってもいいやーって範囲内の存在なんだと思うよ。かけがえのない相手じゃないし、まだ愛していない。だから、しょせん、ごく一時的な彼女だよ」

❖

マンションを後にした江梨子は、ほんの1時間半前にこの道を通った時よりも、ずいぶんと元気になっている自分に気づいて嬉しくなった。

そっか、まだ、やれることあったんだ。

ポケットの中で短いバイブレーションが起こった。拓海からのメッセージだった。

「そんなに会いたかったか！　明日なら会えるかも！」

びっくりした。

もしも今日、あのままカフェにいたら、私は何て返信をしていただろう。ドタキャンされたことが虚しくて、たいしたフォローもしてもらえないことにプライドが傷ついて「そっか。わかった！」って、素っ気ない態度で、自分なりに精一杯強がっていた気がする。だってずっとそうだったから。

もったいないことしていたな。

すでに、そう思えていることにワクワクした。

❖

江梨子を笑顔で送り出したあと、ハナコが簡単にカルテをまとめていると、助手の佐《さ》藤《とう》が声をかけてきた。

「先生、今日のカウンセリングはこれで終了ですね。お茶いれましょうか？」

「ありがとー。お茶じゃなくて、白ビールにしようかな。薄いグラスと白缶お願いーー！」

私の仕事は、人の悩みを解決することだ。

悩みを聞いていると、その人はどんな未来が欲しいのかが、クッキリと見えてくる。悩むのは、今のままじゃイヤだ、なりたい自分がいる、という意志の表れだ。

どうなりたいのか、ということを本人が自覚していなくても、それはちゃんと潜在していて、しっかりとその人の中にあるから、たくさんの質問をすれば浮き彫りにできる。

クッキリ見えたら、あとはそこへ向かう作戦を考えて、ミッションとして渡す。

❖

2週間後。いつも通り午後の3時に出勤した。

「先生、おはようございます」

「おはよー。今日は予約何件きてるー？」

「5件きましたので、受付を締め切っております」

「グッジョブ。1日に集中できる時間は決まっているからね、5件がクオリティ落とさないで相談に乗れる限界ー！」

「はい、そのつもりです。お茶いれますか？」

「ありがと！　ミントティーで」

「承知しました」

お悩み解決が仕事になり、頭ばかり使うようになって気づいたことがある。ミントティーを飲むと、少し、頭の回転数が上がる。飲まない時よりも少し、思いつくことが増えて、気がつくのが早くなる。だから、この仕事場で、私はミントティーを飲み続ける。

そして、その日の仕事が終わって、もう頭を使わなくてよくなった時には、逆に頭の動きを鈍くするために少しのアルコールを摂る。考え事をし続けてしまう性分の私にとって、頭を使わなくていい時は、もはや頭を使えないようにしておく工夫が必要なのだ。疲れないように、バランスをとりながら生きることは、とても大切だ。

「そういえば、先日いらした佐々木さんから、またご予約の連絡がありました。週1で会えるようになって、先週に至っては週2で会えるというミラクルが起きたので、次のステップに進みたいそうです」

「そっか！　おっけー！　よかった！」

江梨子ちゃん、ミッションコンプリート。

未来は、いつだって、今日ここからする言動次第だ。

ケース2

客がつかない女

どうして私は、全然、売れないのだろう。

このカフェについてから1時間、優香《ゆうか》の頭の中には、ただその1行だけがグルグルとしていた。

エステサロンに勤めるようになって3年がたった。優香にとってエステティシャンは「稼げる人になりたい」と思って選んだ職業だった。だから入社後には、一日でも早くすべての施術ができるようになりたいと考えて、すごく努力をした。できる施術が増えれば、担当できる顧客が増える。

エステティシャンにとって、稼ぎのかなめとなるのは歩合の部分だ。自分指名の客を増やすこと、ついた客にオプションをつけさせること、担当した新規客から契約をとること、そしてサロンでとり扱う商品を買わせること。これらがどれだけできるかで、給料の額がまったく違ってくる。その歩合の部分に夢を見て「自分次第で月100万円も夢じゃない」というところに惹かれて、選んだ職業だった。

それなのに。優香は、この3年間、売り上げにおいて最下位を独走している。入社以来ずっと、時間給のみが給料という状態が続いている。このままでは仕事のハードさに稼ぎが見合わないと感じている。

技術は、あるほうだと思う。習得だって誰よりも早かった。同期の中では一番に、すべての施術のテストに合格した。だけど、なぜか、優香はいつも契約をとれなかった。

決して変なコースは薦めていないし、そもそも優香は自分の店にあるどの施術に関しても、本当にいいと思っている。だからその思いを熱弁するのだけれども「んー、やっぱいいかな。とりあえず、今日は帰ります」「コースの契約は、やめておきます」と言われてしまう。同僚たちは、契約をとれているし、商品も売れているのに。

私は客運が悪いのだろうか。最近では、よくそんな風に考える。私ばかり貧乏人やケチな相手に当たってしまっているのではないか。だから彼女たちは商品をまったく買わないし、オプションもつけない。私の接客に落ち度があるわけではなく、単にその人の懐事情の問題で、欲しくても買えないだけなのではないか。

うちのサロンがそうであるように、ほとんどのエステサロンは初回料金を破格にしている。いろんなエステサロンを巡っては1回のお試しメニューをひたすら受けている初回荒らしに、私は運悪く当たり続けているだけなのではないか。……3年間、ひたすらに。

だとしたら、どれだけ運が悪いのだろう。いつまでこんなについていない日々が続くのだろう。ウンザリしてしまう。

あー あ……。ため息をつきながら視線を上げると、ふと、1枚の張り紙が目に飛びこんできた。

❖

「あなたの人生の作戦会議をします」

こんな張り紙、いつからあったのだろう。このカフェには仕事帰りによく寄っていたけれど、今まで気がつかなかった。

作戦会議？　占いか？　考えていると、隣のテーブルを片付けていたウェイトレスと目があった。

「すみません、あの張り紙って、なんですか？」

注文するみたいな空気が流れてしまった気がして、何か言わなきゃ、と思い、咄嗟《とっさ》にそう訊いていた。

「解決したいお悩みが、おありでいらっしゃいますか？」

「えっ……」

どうなんだろう。客運が悪いのは悩みではあるが、運の悪さというのは解決できる悩みの域を超えている気がする。

言いよどんでいると、ウェイトレスは、さらに質問を重ねてきた。

「思い通りにならない状況がおありですか？」

「……はい。それは、そうですね」

「そうですか。少々お待ちくださいね」

そう言うと、ウェイトレスはエプロンのポケットからメモをとり出し、何やら書きこみはじめた。

「ここを訪ねてみてください。必ず、解決してくれると思いますよ」

そう言って手渡されたメモには、住所と電話番号、そして「王生際ハナコ作戦会議室」と書かれていた。作戦会議室……？　正直なところ、かなりの「？？？」状態だが、お祓《はら》いのひとつでもしてくれそうな名前なので、行ってみたい気もする。私の客運の悪さをどうにかしてほしい。何か憑いているのなら、ただちに祓ってほしい。でも、どれくらいの料金がかかるのだろうか？　見当もつかない。

行こうかどうか迷いながら、なんとなくスマートフォンに住所を打ちこんで検索してみると、徒歩5分と出た。近い。というか、帰りしなにそもそも通る場所だ。優香は、とりあえず訪ねてみることにした。

❖

マンションのチャイムを鳴らすと、可愛い顔をした男の人が出てきた。てっきり「王生際ハナコ」という女の人が出てくると思っていたため、想定外の事態に戸惑っていると「はじめての方ですよね。まずシステムについてご案内しますので、どうぞ中へ。申しこみに関しては、本日でもいいですし、後日また改めてでも大丈夫ですので。あの張り紙だけですと、いろいろとわからないことが多いと思うので、とりあえずご説明します。料金など知りたいですよね、とり急ぎ」と言って、なんだか申し訳なさそうに笑ったので、優香は一気に緊張が解け、同じように笑った。

「はい！　あまりに謎すぎるので、とりあえずシステムを教えていただけたらと思って、伺いました」

「ですよね、僕も、はじめてだったら絶対そう思うので！」

料金システムは時間制で、占いと同じくらいの金額だった。「本日ですと、30分の枠であれば、ちょうどこの後ご案内できます」とのことで、優香の今の懐事情としても30

分の料金であれば払えるなと思っていたところだったので、受けてみることにした。

「こちらのお部屋になります。今、先生も参りますのでお待ちくださいね」と個室に通されると、可愛い顔をした男の人は受付へ戻ってしまったので、優香はひとりになった。ふんわりとチョコミントのような香りがする。ペパーミントの精油だ。サロンで施術をする時に、香りづけでアロマオイルを使うので、すぐにわかった。

コンコン、とノックの音がしてドアのほうを見ると、ドアが開き、女の人が入って来た。

「こんにちは、王生際ハナコです」

優香は息を呑《の》んだ。どこのエステに通ったらこんなに肌が綺麗になるのだろう。この3年間、毎日毎日たくさんの女性の肌を見続けてきたけれど、ここまで肌が綺麗な人は見たことがない。というか肌だけじゃなくて、顔立ちもとんでもなく美しい。職業柄、整形美人と生まれつきの美人の見分けがつくのだけれど（整形をしている人にはできない施術が複数あるため、整形をしている場合は申告してもらう。そうこうしているうちに整形の特徴がわかるようになった）、この人は生まれつきの美人だ。

「美人ですね……！」

なんだか呆気にとられてしまい、心の声がこぼれた。

「え？　そお？　めっちゃ嬉しい！　ありがとう！　外見を褒められるのが一番嬉しい！」

上品で凜とした見た目からは予想外のハナコの気さくさに、優香はさらに呆気にとられてしまった。本当に嬉しそうな顔をして、大人げないほど素直に喜んでいる。可愛い人だ、と思った。

30分しか時間がないことも忘れて見とれていると、ハナコは持ってきたノートを開き、

「ここに、お名前書いてもらっていい？」

そう言って、まっさらなページとピンクのボールペンを、優香の前に差し出してきた。

木内《きうち》優香、と書いて戻す。

「今、何歳？」

「30歳です」

そうなんだー、と言いながら、名前の横に年齢を書き加えている。そしてペンを置くと、ハナコは改まったように優香を見た。

「私は占い師ではないので未来の予言をする係ではありませんし、心理カウンセラーでもないので心の治療もいたしません。私の仕事は、お悩みを解決することです。一緒に、あなたの人生の問題を解決します。具体的に言うと、あなたが欲しい未来を手に入れる

ための作戦を、一緒に考えるというわけです」

あまりに何も考えずに勢いで来てしまったが、とりあえず、占いとお祓いの線が消えた。

「欲しい未来を手に入れるために、今日から取り組めるミッションを決めて、あなたの人生を動かしていきましょう」

ミッション……？

そこまで言い終えると、ハナコはまた大人げなく喜んでいた時と同様のやわらかい表情に戻り、話を続けた。

「で、悩みがあるんだよね？　どうしたの？」

「あ、えっと、悩みというか……仕事で、思うように結果が出なくて。努力はしているんですけど」

「お仕事は何しているの？」

「エステティシャンです」

「そうなんだ。どんな努力をしているの？」

「技術を磨く努力は、すごくしてきました」

「そっか。どんな結果が、出ていないの？」

「売り上げが全然伸びなくて。契約もとれないし、商品も売れないし、指名もないし、オプションもつかなくて」

「そうなんだ。お店全体の売り上げが悪いの？」

「そんなことはないです。店舗としては、どちらかといえばいいほうで、同僚たちはすごく売っているし、契約もとれてますね……」

「そっかそっか。優香ちゃんは、自分の売り上げが伸びないのは何でだと思う？」

「私が担当するお客さんて、ケチな人が多い気がします。客運が悪いというか。施術や扱っている商品はどれも本当にいいもので、そう説明しているけれどダメだから、相手の買う気というか、懐事情の問題のような気がしますね。たまたま、お金を使う気がない人にばかりついてしまっているような。売りようがない空気を感じます、いつも」

「そうなんだ。じゃあ、ちょっと試しに、私に営業トークしてみて！」

「え？」

「私が、今日はじめて来たお客さんだと思って、いつも通りの接客してみて」

「は、はぁ」

「はい、スタート」

いきなりの展開に少し焦りながらも、客ですというような表情をつくってスタンバイをはじめたハナコに押されて、優香もプロのスイッチを入れる。

「本日は、バストケアコースのお試し1回ということで、私、木内が担当させていただきます、よろしくお願いします」

「よろしくお願いします」

「施術に入らせていただく前に、今後の流れをご説明させていただきます」

そして優香はいつも客にする通りに、10回コース、30回コース、50回コースについての案内、このエステにはどんな効果があって、コースで契約をするとどれだけお得か、などの説明をした。基本施術の他に、どんなオプションがあって、どのサプリメントを併用すると一番効果的なのか等も。ハナコは時々あいづちを入れながら、基本的には黙って聞いていた。

「こんな感じです」

「なるほど。だいぶわかったよ！」

「え？　何がですか？」

「どうして売れないのか。なぜ、お客さんが、優香ちゃんから買わないのか」

「え……？」

「人が、それを買うか買わないか決める時の基準って、なんだと思う？」

「その商品のよさ、ですかね」

「うん、そうだね。でもじゃあ、商品のよし悪しって、どうやって見極めると思う？」

「え……その商品の概要とか、ですかね」

「うん。でもさ、商品の概要を理解するのって、実は、すごく難しいことだと思うんだよね。だって素人だから。それのこと、よく知らないから」

「……？」

「この商品はこんな風にいいんです、って、プロっぽい言葉であれこれ語られても、結局、何言っているのかよくわからないんだよね、それのどこがどういいのか、ピンと来ない」

「…………」

「だからね、売りたいんだったら、商品のよさで押すよりも、まず、優香ちゃんという販売員を信用させる必要がある」

「え？　私？」

「そう。この人が言うことは信用できる、この人は信頼して大丈夫な相手だって、まず思わせること」

「……それは、どうすれば？」

「そのために必要なことは2つある」

「なんですか？」

するとハナコは、ノートに何やら書きこみはじめた。そして「これが、販売員として信頼されるために必要な2カ条だよ」と言いながら、ノートを優香に向けて開いた。

①訊かれる前にデメリットを言う
②その人に必要のないものは絶対に売らない

訊かれる前にデメリットを言う？　そんなことはしようと思ったことがなかったし、正直、この人は何を言っているんだろう、という気持ちだ。そんな余計なことを吹きこんだがために、「買おうかな」と思っていた人が「やっぱやめとく」となってしまったらもったいないじゃないか。

「そんなことしたら、売り逃がしそう、って思った？」

「えっ」

思っていた通りのことを言われて、どう返したらいいかわからず言葉に詰まっていると、ハナコは優しそうに微笑んだ。

「売り逃がしていいんだよ。優香ちゃんは今、目先の売り上げだけを見すぎている。あのね、売り上げが欲しいなら、目先の細客より、未来の太客!! その場で何かひとつでも買わせようとするんじゃなくて、長い目で見て、長い付き合いの中で買ってもらうことを目指したほうが、結果的にいっぱい売れるよ」

「目先の細客より、未来の太客……!」

「いいところしかない商品なんて、絶対ないわけで。なんだって一長一短あるでしょう。別に欠陥があるわけじゃなくたって、見方によってはデメリットとも言えるような部分って、必ずあるわけで。

人は、デメリットをちゃんと伝えてくれる店員さんの言葉は信用できるし、さらに、やりとりの中で『この人は、必要のないものは売りつけてこない人だ』って思える瞬間があると、その人のことを販売員としてすごく信頼するようになるよ」

「なるほど……」

「そうすると『買う場合は、この人から買いたい』って思うようになる。その手のもので何か『こういうものが欲しい』って思った時は、『こういうの探しているんだけど、何かないですか?』って、その時はこの人に相談しよう、って考えるようになる。だって、それが一番、損をしないお買い物ができる方法になるから」

「たしかに……」

「買わないのは、ケチなんじゃなくて、お金を有意義に使いたいだけだよ。ムダなものには払いたくないだけ。『この人、本当のこと教えてくれない』『売ろうってことしか頭にない』って思うと、ムダなものを買わせてきそうで怖いから『とりあえずここでは買わないでおこう』『買うにしても、他の人から買おう』って思うよ」

心当たりは山ほどあった。

「それがどれだけいいものであっても、その人に必要かどうかは別問題で、使いこなせない高機能を買ってもしょうがないよね。

でも、自分に本当に必要な商品がどれなのかの判断って、何を買うにしても素人ではすごく難しいから、本当のことを教えてくれるその道のプロに、誰だって頼りたいと考えている。

たとえばダイソンのドライヤーは高機能ですごくいいとは思うけれど、じゃあ、ショートカットの頭でそれが必要かって言われると、そこに5万かけるなら、他のものに使ったほうがいいと思うし。

いいもの＝買ったほうがいいもの、ってことではないよね」

言っていることはわかる。だけど、やっぱり、デメリットを言うのは怖い。ただでさえ売れていない今、やっぱりひとつでも契約をとりたいし、目先の成果が欲しい……。

「デメリット……言うのは、怖いです」

「わかる。そこでひとつポイントがあるよ」

「ポイント？」

「デメリットを言う時のポイント。それは〝一般的にはデメリットだけど、その人にとってはそれがデメリットにならない、というミラクルポイント〟を探すこと」

「!?」

「意外とあるから」

「たとえば……？」

「たとえば、じゃあ、不動産。一般的には南向きの部屋が日当たりがいいとされているけれど、美意識が高すぎる人だと、窓から差しこむ日差しで日焼けするのを恐れて年がら年中カーテン締め切って暮らしていたりするし、ひとり暮らしの男性とかだと布団干す気とかゼロで洗濯物は部屋干ししかしないようなライフスタイルの人も多いよね。

そういう人からしたら日当たりのよし悪しとか窓の方角って何でもいいから、南向きじゃないことがとくに問題じゃないんだよね。だから『この部屋のデメリットをお伝えすると、窓が北側にしかないので、日当たりが悪いことです』って言われても、買う気に影響しない。だけど『デメリットをちゃんと教えてくれた人』っていう印象は残るし、逆にこの部屋には他にはもう悪いところはないんだなって安心にもつながる。

言い方としては『昼間はカーテンって開けます？』『布団とか、どのくらい干します？』って軽くリサーチを入れてからの『あ、じゃあよかった！　窓が北向きのみなので、そこがデメリットと思われる方もいるのですが、鈴木様の場合は関係ないですね』みたいなのもあり。

他にもよくある一般的なデメリットだと、駅から遠いとかもそう。その人がそもそも電車移動しない生活スタイルの場合もあるわけで。スーパーが遠いのも自炊しない人には関係ないしね。その人にとってはどうでもいいことをちゃんと見極められると、デメリットを伝えるリスクがなくなる」

「なるほど……」

「あと逆に、メリットもそうだよね。一般的には別にメリットじゃないような特徴が、その人にとってはめっちゃメリットになる場合もあるし。何が欲しい人なのか、何が嫌な人なのかを、きちんとリサーチすると、売れる確率は上がっていく」

「たしかに……」

「必要のない高機能を売りつけてこない人、って認識も信頼につながるから、さっきの例だと、たとえば『この物件は駅から近くてそこが一般的には魅力ですけど、鈴木様って電車使います？　職場は自転車で行ける距離でしたよね？　で、遊びに行く時は車が多いんですよね？　だとすると駅近の分の上乗せの家賃を払うのもったいないですよね。払った金額分のよさを体感できる物件がいいですよね。ちょっとその線で探します！』的な」

「それ……すごいですね……！」

「うん。あとね、物を売る時に気をつけたほうがいいのが、相手の想像力をアテにしないこと。それを買うことでその人の生活のどこがどんな風によくなるのか、とことん具体的に教えること。その商品のよさを知ってもらうことについて、相手任せにしないこと」

「……というと？」

「たとえば、まだ世の中に電話ってものがなかったとする。そして電話という商品を発売することになり、その営業をするとする。電話ってすごいんです、遠くまで声が届くんです！　海外にいる相手とも話せるんです！　という説明じゃ、全然ダメでしょ」

「え、ダメなんですか……？」

「だって、海外にいる人と話したいことがある人って滅多にいないよね。遠くにいる人と話せるのはたしかにすごいけど、別に、会って話せばよくない？　って思うよね。電話がない世界だと。遠くにいる状態で話す意味は？　って多くの人は思う。自分の生活には必要ないかなーって、なる」

「まあ、たしかに……遠距離恋愛とか単身赴任でもしていないと、差しせまって買うほどのものじゃない気がしてきますね……」

「そう。だけど、たとえば『電話というものがあると、待ち合わせが便利になります。かなりギリギリの時刻でも変更が可能になるので突然の腹痛でも安心です。

さらに、外に持ち運びができる携帯タイプの電話の場合は、相手がすでに家を出てしまった後にでも時間の変更やドタキャンをすることが可能になります！　遅刻をした時に、何分後に着くかの情報を届けられるようになるので、寒空の下で相手を待ちぼうけさせることも自分がすることも、なくなります。

あと、たとえば告白をする時なんか、対面でするとフラれちゃった場合にこの後の空気どうするよ……今日ここから解散まで気まずいよ……ってなりますけど、電話だったら切ればいいから、気が楽ですね！』的な」

「すごいですね……！　告白のくだりはあれですけど、待ち合わせに関しては、たしかにそう言われてみると、自分の生活がすごく便利になるイメージが持てますね」

「そう。イメージを、丸ごと渡してあげるの。それを買うことでどんな快適な未来が手に入るのか、それをわかってもらうことに関して、相手の想像力は一切アテにしないほうがいい。みんな、本当に想像力ないから。

お客さんに頼らないこと。買いたくなるためのイメージは、売りたい側が用意するの。買うことで今と何が変わるのか、どこがどう便利になるのかを、映像が浮かぶくらい丁寧に教えてあげること」

ハナコの言うことは、どれも理屈としては理解できた。けれど、うまく自分に当てはめられない。エステティシャンの仕事では、具体的に何をどうしたら、いいのだろう……。そう考えていると、

「ということで。ここからは、具体的にエステの現場でどうしたらいいかの話ね！」

「……！」

この人は心が読めるのだろうか。さっきから、私の頭にやれない言い訳が浮かびかけるたびに、それを壊しにかかってくる気がする。

「施術について説明する時は、どんな効果が期待できるのかだけではなく、『ここには効果が出ない』という説明もすること。『毛穴へアプローチできる施術なので、たるみ毛穴が原因のクマだと改善されますが、血行不良が原因のクマの場合は、効果が出ませ

ん』とかね。

エステは1回では効果が出ないことが多いと思うのだけど、そこにもちゃんと触れたほうがいい。20回は受けないと目を見張るような効果は出ない、というのが本音なら、それは最初に明言したほうがいい。そうなると値段が張るから買えない人は出てくるけれど、でもね、買える人は買うから。

相手の財布を意識しながら『この人は、5回コースならギリ買えそう』みたいに考えて『やればやるほど変わりますけど、5回でも全然、変わると思いますよ！』などと言って、とりあえず買わせるのはダメ。

それをやってしまうと5回コースが終わって効果が見られなかった時に『この人の言うことは信用できない』となってしまうから、二度とオススメを買ってもらえなくなるよ。相手が50回コースで買おうとしていたとしても、15回でこの人の身体は仕上がるのでは……というのがプロとしての自分の見立てなら、そう伝えたほうがいい。浮いたお金で、いずれ他のものを買ってくれるから大丈夫だよ。

人のお金だと思って効果が出ないことに払わせちゃダメ。相手がお金をちゃんと有意義に使えるように、誠意を持った販売をすること。

オプションも、ひたすらすすめるのではなくて、ちゃんとその人の身体をしっかり見て『コレ自体はいいものではあるけれど、今のあなたには必要がない』という情報も伝えること。

サプリメントや化粧品や美容機器などのホームケア商品を売る時は、起こる可能性のある副作用だったり、使い方の面倒なところや、不便な点もハッキリと伝えること。『正直、味は、まずいです！　飲めないほどではないけど、飲みたくなるような味ではない。でも身体が確実に変わるから楽しくなってきて、よし今日も飲もう、と思える感じです』とかね。『このパックは、効果はすごくあるけれど、流すのが少し面倒くさいのと、使用中の姿がキモいので人前でやりづらいっていうのはありますね』とかね。

優香ちゃんは、あくまで、本当に素晴らしい商品だと思うものを売っていると言っていたよね。だからデメリットも伝えて大丈夫だよ。でも私はすごくオススメです、って言えるものを売っているのだから」

私は、変なものは売っていない。商品はいいものなんだから、というのを言い訳にして、それがその人の役に立つものなのか、という視点を持てていなかった。売り上げほしさに、とにかく買ってくれよ、と思っていて、お金を使わせることばかり考えていたな、と優香は思った。

「商売なんだから、お金はどんどん使わせていいと思うよ。ただね、誰だって使えるお金の上限は決まっているから、その人がその金額を、最大限に有意義に使えるようにプロデュースすること。それが、買ってくれる人に対しての思いやり」

最大限、有意義にお金を使わせる。この視点が自分には欠けていたんだ、と優香は思った。

「ということで。最後にミッションを決めようか！」

そう言うとハナコは、ノートにこんな風に書きこんだ。

ミッションその①　むしろ買わせない、を実行すること。

その人に必要のないものを絶対に売らない（むしろ買わせない）ことを徹底してみよう！

ミッションその②　まずデメリットを伝える、をやってみること。

・これは【信用】されるための仕掛けです。

・その人にとっては問題にならないデメリットはたくさんある。

※それを買う時は「この人から買おう」という存在になりましょう※
※目先の細客より、長い目で見て太客に※

❖

「がんばってねー♡」と背中をポンポンされながらハナコに送り出された優香は、なんだかボーッとした頭でエレベーターを降り、エントランスを抜ける頃に、ああこれが知恵熱というやつか、と気づいた。マンションを振り返って見上げながら、とんでもなく濃い30分だった、と思った。
運が悪いわけじゃなくて私が悪かったんだ、という事実にはショックを受けた気持ちもある。けれどそれは、自分次第で変えていける、ということであって「まだまだできることがある」ってことだ。私が悪いのであれば、直せばいいだけだ。手帳を開き、明日の出勤時間を確認しながら闘志がわくのを感じた。こんな気持ちは久しぶりだ。

❖

「優香ちゃん、そろそろ成果が出た頃かなー？」

私の仕事は、人の悩みを解決することだ。1カ月前、営業に悩むエステティシャンの女性から相談を受けた。あの日以来、職場に向かう途中にあるエステサロンを通りかかるたびに、彼女のことを思い出す。

帰り際、とてもいい顔をしていた。あれは、頭を限界まで使い倒して、思考回路がショートした人間の顔だ。考えたこともなかった考えに、たくさん触れたのだろう。そしてその全部を真正面から吸収した。キャパオーバーになるほど新しい価値観を吸収した人の行動が変わらないはずがない。

彼女の顔を思い浮かべながら、いつものように職場のドアを開けた。

「先生、さっき荷物が届いていました。木内優香さんからです」

「え、なんだろー？　見せてー」

小包を開くと、一通の手紙と、肩甲骨ベルトとブルーの箱が入っていた。

ハナコ様へ
先日はありがとうございました。
おかげさまで、あの翌日、初の契約がとれました。

そして今月の売り上げランキングにおいて、ついにトップ5入りすることができました。今まではランキング圏外どころか、ずっとビリ独走だったのに……！
感謝の気持ちをこめまして、何かエステティシャンらしい贈り物をしたいと思ったのですが、ハナコさんに必要なもの……ハナコさんに贈って無駄じゃないもの……と考えた結果、唯一、肩が内側に入っていること（猫背気味）が気になったので、こちらを贈ることにいたしました。猫背はバストによくないので、ぜひ！
今は、どんどん好転している真っ最中なので悩んでいませんが、いずれまた壁にぶち当たると思いますので、その時はまた、作戦会議をよろしくお願い致します。
木内優香より
p.s.
ブルーの箱は炭酸ガスパックになります。受付にいらした可愛い顔の男性に、差し上げてください。指先のささくれが痛そうでしたが、こちらで解消されるかと思います。

「佐藤くん、これ、佐藤くんにだって。指先のささくれにどうぞって」
「え、僕にですか？　ありがとうございます。先生には何を？」

「肩甲骨ベルト」

「ああ、猫背ですか？」

「うん。でも、猫背を治すのは無理だわ。姿勢は全体の骨組みも影響しているし、メンタルから来る部分もあるし。自問自答する時に背中丸めないと集中できないし」

「そうですよね。先生、ひとりで考え事している時、一番、丸まっていますもんね」

「コタツの猫さながらでしょ。『デスノート』のLも、だから猫背なんだと思うよ」

「なるほど」

「まあ、でも、せっかくだから、考え事しない時に使おうかな」

優香ちゃん、ミッションコンプリート。

未来は、いつだって、今日ここからする言動次第だ。

ケース3

彼女が一度もできたことがない男

「こんにちは、王生際ハナコです」

「……よろしくお願いします」

僕は今日これからこのハナコという女と作戦会議とやらをする。はじめてのことなので勝手がまるでわからない。この後は一体どういう流れなのだろう。というか、人生29年目にして今日はじめて会った人に、どこからどう説明すれば、この悩みは正確に伝わるのだろうか。

そんなことを考えながら涼太《りょうた》が会釈をすると、ハナコはニッコリと微笑んだ。今から自分がどんな時間を過ごすことになるのか見当もつかない。

「お名前書いてもらっていい？」

ハナコは持っていたノートを開くと、ピンクのボールペンと共にこちらに差し出してきた。

「あ、はい」

ノートを受けとって書きこんでいると、その様子を見ていたハナコが話しかけてきた。

「字、上手だね」

「……そうですか？」

「うん。いくらでも読みたくなる字。いいなぁ」

「ありがとうございます」

そんなことを言われたのははじめてだ。涼太は、褒め言葉をあまり真に受けずに聞き流すタイプだが、ハナコのそれはなんだかストンと届いた。本当にそう思っているんだろうなぁ。そう思った。

「山川《やまかわ》涼太くんね。うん。すごく、っぽいね。顔に合っているね」

「え、そうですか？」

言っている意味がわからず「どの辺が？」という気持ちでそう返すと、ハナコはそれを読みとれたようで「字面が。川っていう字と涼っていう字がね、ああ似合う、って感じ。爽やかというか、涼しげというか」と続けた。そしてそこで意味ありげに一拍置いてから「冷めている、というか？（笑）」と言い、ニヤリとイタズラっぽく微笑んだ。

涼太はドキリとした。核心をつかれたような気がしたのだ。

「何歳？」

「え、あ、29歳です」

「そうなんだ。オッケイ」

ハナコは、涼太の書いた名前の横に「（29）」と書きこむと、ペンを置き、まっすぐに涼太のほうを向いて「最初に大切なことを伝えておくね」と前置きをし、話しはじめた。

「私は占い師ではないので未来の予言をする係ではありませんし、心理カウンセラーでもないので心の治療もいたしません。私の仕事は、お悩みを解決することです。一緒に、あなたの人生の問題解決をします。具体的に言うと、あなたが欲しい未来を手に入れるための作戦を、一緒に考えるというわけです」

涼太は占いにも行ったことがなければカウンセリングにも行ったことがない。だからハナコのこの説明には正直ピンと来なかったが「はい、そのつもりです、だからこそ僕はここに来たんです」という気持ちでうなずいた。

「そのことのために、今日から取り組めるミッションを決めて、あなたの人生を動かしていきましょう」


ミッション……そう僕はそれを求めてここに来たのだ。ずっと、具体的な解決策が欲しかった。

「で、今日はどうしたの？　何か悩みがあるの？」

「あ、はい。あの……」

言うことは決まっている。が、言葉が喉につかえてしまった。人に相談するのがはじめてだからか、なんだかすごく緊張する。ハナコがこの部屋に来る前に、佐藤という受付の男が出してくれたお茶をひとまず一口飲んでみる。深呼吸をする。よし。

「僕、彼女ができたことがないんです」

「そうなんだ！」

「そ、そうなんです……！」

「29年間一度も、ってことだよね？」

「はい、そうです……」

「そっかそっか」

さあ、どう来る王生際ハナコ。どう解決したらいいか、わからないだろう。涼太がそんな気持ちでハナコに視線を向けると、ハナコは先ほどからずっとそうであるようにすごくリラックスした様子だった。

「それって、好きな人ができたことがない、ってこと？　彼女にしたいと思えるほどの相手に出会えたことがない、っていう悩みなのかな？」

「え、あ、いや、好きな人はー……できたことは、あります、一応……？」

「そうなの？　それっていつ頃？」

「……中学生の頃と高校生の頃……とか……」

「そっか。その時はどうして付き合わなかったの？」

「え、どうして？　えーと……そういう流れにならなかったから？」

「なるほど。高校卒業後は、進学したの？」

「はい、専門学校に行きました」

「何の？」

「今の職業につくための、そっち系の学校に」

「今、何やっているんだっけ？」

「プログラミングを。プログラマーです」

「そっか。で、その専門学校の時は、好きな人できなかったんだ？」

「はい。というか、女子がほぼいなかったので」

「なるほどね。で、卒業して、就職したと。就職後は？　好きな人は？」

「できていないです。出会いもないし」

「なるほどね」

質問をしながら、ハナコはカルテをつくるように（というかカルテなのだろう）ノートに涼太が答えた言葉を書きこんでいく。

「中高生の頃に好きな人ができた時は、告白とかは、したの？」

「していないです」

「なるほどねー」

ハナコは合点がいったような顔をすると、ノートに「告白はせず」と書きこんだ。

「今日ここに来たってことは、彼女が欲しいってことだよね？」

「え、あ、はい」

「オッケイ」

何がオッケイなのだろう。こんな悩みどうやって解決するのだろうか、と考えながら、涼太が次の言葉を待っていると、ハナコがペンを置いた。そして大事な話をはじめるような顔つきになり、まっすぐ涼太のほうを向いて話しはじめた。

「涼太くんは、彼女ができたことがないっていうか、つくろうとしたことがないよね」

「え」

「できたことがなくて当たり前だよ。だってつくろうとしたことがないんだもん」

思ってもみない言葉だった。そんなこと誰からも言われたことがなかった。

涼太は彼女ができたことがないことについて、とくに隠したことはなかったので、学生時代はクラスメイト、就職後は同僚から、その手のことを訊かれた際には正直にそう伝えてきた。

「彼女いるの？」

「いないよ」

「そうなんだ。いつから？」

「ずっと」

「何だよそれ。1年くらいいないの？」

「いや、いたことがない」

「……え!?」

「彼女ができたことがない」

「マジかよ！　何で？　お前、なんかどっか問題あんの？　性癖やばいとか？」

「いや？　そんなことはないと思うけど」

「じゃあ何でだよ。そうか、じゃあ、あれだな。よっぽど理想が高いんだな」

「んー？　そうなのかなー、どうだろう」

「きっとそうだよ。現実世界に完璧な女なんていないからな。どっか妥協しないと彼女はできないぞ」

いつだってそんな風に言われてきた。性癖がやばいせいか、理想が高いせいか、その2つはどちらも腑に落ちなかったけれど、とにかく自分には何かダメなところがあって、そのせいで彼女ができないんだろうとは思っていた。

それから、この手の話になった時には決まって「冷めているね」とも言われた。「ずっと恋していないの？　冷めてるねー」と。たしかに情熱的なタイプではないような気がするし、冷めている実感がなくもない。

彼女ができないのは恋に落ちないからで、恋に落ちないのは冷めているせいなのかもしれないと、自分でもここ数年は思っていた。性癖がどうとか理想がどうという意見よりは、そちらのほうがしっくりくる。

できないのではなく、つくろうとしていなかっただけ？

そんな風には考えたことがなかった。

「彼女って、つくろうとしないとできないものだよ」

「そう……なんですか？」

「多くの人にとってはね。もちろん、ごくごく一部、つくろうとしなくてもできる人もいるよ。あと残念だけど、全体の10％くらいの人たちは、つくろうとしてもできない」

「なんなんですか、その違いは……!?」

「つくろうとしなくてもできるのは、よっぽどモテる人。福士蒼汰《ふくしそうた》レベルの外見だったりすると、引きこもったりしない限り、世間に顔を晒《さら》しながら生きているだけで、彼女になりたがって立候補してくる女がワンサカいるから、つくろうとしなくてもできる。本人の中に『彼女はつくらない方針』みたいなのがなければ、できる」

「なる……ほど……」

「つくろうとしてもできない人たちっていうのは、恋愛対象に入れないようなスペックの持ち主。ざっくり言うと、ブサイクとかキモいとかクサいとか、すごく貧乏とか、あからさまに性格が悪いとか、コミュニケーション能力が著しく低いとか、そういうマイナスの特徴が強い人たち」

「ああ……！」

「できないっていうか、正確にはできづらいだけだけどね。あと極端なすきっ歯とか、出っ歯とか受け口とかだと彼女できづらいよ。歯のインパクトってハンパじゃないからね。歯に余計な特徴があると、顔の印象が全部そこに持っていかれちゃうんだよね。ガチャガチャした歯だと、歯磨きが行き届いてなさそうな感じもするから不衛生にも見えるし、キスのハードルが上がる」

「歯は大事って言いますもんね……！」

「うん。でも、涼太くんは、私の見立てだと、恋愛対象に入れないようなスペックの持ち主ではない」

「あ、ありがとうございます」

なんだか嬉しい。そして安心する。とくに自分を過小評価しているわけではないが、やはり女の人に（それもこんな美人に）そう言ってもらえると、自信がわいてくる。

「だからね、涼太くんは、彼女ができないんじゃないよ。つくろうとしたことがないだけだよ」

「多くの男たちはつくろうとしてつくっているってことですか？」

「そうだよ。福士蒼汰級以外はね」

「つくろうとするって、具体的にどういうことですか？」

「告白をする。僕と付き合ってくださいって、女の人に交渉をする。涼太くんは、告白をしたことがないから彼女ができたことがないだけだよ」

「え、いや、でも、告白さえすれば付き合えるってもんでもないですよね？　フラれることもあるし」

「うん、そうなんだけど、好きな人ができたことはあるのに告白をしたことがないその姿勢に問題があるよ。さっき、そういう流れにならなかったから、って言っていたけど、そういう流れって何？」

「え？　ああ、えーと、なんだろう……」

中高生の頃のことだからそもそも記憶もおぼろげだが、たしかに、言われてみればそういう流れとはなんだろう。

「そういう流れとかないから。告白って、それまでそこに流れていた空気をブチ壊してするものだから」

「！」

「涼太くんは、具体的に女の子に拒絶されたことはないわけだよね。彼氏になりたがったことがないだけ。ターゲットを決めて、彼氏になりたがれば、彼氏にしてもらえるよ。つまり彼女できるよ」

涼太は、目からウロコが落ちる思いだった。彼氏になりたがったことがないから、僕は彼女ができたことがないのか。

「福士蒼汰級でも、特定の女の人を指名で彼女にしたいと考えた場合は、その子の彼氏になりたがって、なるための行動をとるんだよ。そしてどこかのタイミングで覚悟を決めて、空気をブチ壊して告白をしているんだよ」

僕は確実に福士蒼汰級ではないうえに、何も行動をしていない。

「涼太くんが自分に対して、あからさまに女子が好むような付加価値を付けまくれば話は変わってくるけれど。大金持ちになるとか、有名人になるとか、自分で言いふらさなくても周知されるような大成功を収めるとか、わかりやすくスペックを上げれば、そういう男の人の彼女になりたがる女の人は一定数いるから、待っているだけでも彼女ができるとは思う。

でも、涼太くんが普通の範囲内の男でいるなら、待っているだけでは彼女はできないよ。彼女はつくろうとしてつくるものだよ」

たしかに僕は、どこをとってもすごく普通だ。人と比べて特別にダメなところもないが、秀でたところもない。

「ということで！　涼太くんが彼女持ちになるために必要なことは、まず第一に、誰かの彼氏になりたがることです。

ミッションその①　『この女の彼氏になりたい』というターゲットを定めること」

「ターゲットですか……！」

「うん。それを一般的には、好きな人と呼んだりするね。でも、別に好きにならなくてもいいよ。とりあえず彼女をつくる習慣を持つことが大事だと思うから、彼女にしてみたい程度に気に入る女でいいよ。ほとんどの大人は、好きな人ではなく、わりと気に入った相手ととりあえず付き合っているし」

「！！！……そ、そうなんですか……!?」

「そうだよ。そもそも、ほとんどの好きは付き合った後に生まれるものだからね。好きな人と付き合ったとしてもそうだよ。付き合ってしばらくたつと、付き合う前の好きって、たかが知れているなぁってなる。今の好きと比べてあの頃の好きってショボかったなぁって」

「……好きな人と付き合うもんだと思ってました」

「ロマンチックだね。可愛い」

「！」

「女の魅力って、彼氏にしか見せない顔にこそ詰まっているからね。男の人もそうだよ。彼女の前だけで見せる顔に、その人の男の魅力が詰まっているの。だってほらクラスメイトとか、取引先の人とか、友達とかに、自分のオスを発揮する機会なんて、なかったでしょ？」

「……オスを発揮したことが人生で一度もないかもしれないです……！」

「そっか、彼女いたことないと、そうなるね（笑）。きっと涼太くんはまだ知らないね、自分の男らしい一面やオスとしての魅力を。そういうのは恋人と過ごす時間の中でわき出てくるものだからね。私もほんと、彼氏ができるたびに自分のメス力を知ったもん。こんな可愛げのあること思うんだ私、こんな可愛い声出るんだ私、ってね」

「彼女つくってみたくなってきました……！」

「いいねー！　これまでの涼太くんに足りなかったのは、それだね。彼女ができなかったのは、彼女が欲しいっていう意欲が薄かっただけだよ。私が今日それを植えてあげるね」

「頼もしいですね……！」

「男女交際って超楽しいからね。オススメなの」

女の人と付き合うことをそんな風にとらえたことがなかった。涼太は、自分の中に新しい視点が増えていくのを感じた。そしてワクワクしていた。

「とにかくね、男も女もね、付き合ってからじゃないと目の当たりにできないよさばっかりだから。付き合う前に『俺はもうコイツじゃなきゃダメなんだ』級の『めっちゃ好き』を欲しがることには無理があるの。彼氏にならないと、その子の女の顔を見せてもらえないから。

だからね、『コイツの女の顔を見てみたい』って興味がわいたら、その人をターゲットにしよう。

本当に好きになるのは付き合ってからでいいし、付き合ってみて好きになれなそうだったら別れればいいよ！」

「え、別れるってそんな簡単なことなんですか？　経験ないんで全然わからないんですけどその辺……」

「うん、しょせん口約束だからね。結婚とはワケが違うから。『やっぱ違う』とか『なんか無理かも』って思ったら簡単に別れられるのが『付き合う』だから。だからこそ結婚は特別なものだしね」

「そうなんだ……付き合うって何なんだろう……」

『手を出したいです、いいですか？』『はい、あなたになら手を出されてもいいですよ！』的なことだよ。身も蓋もない心の声に訳すと」

29年間もまっさらでいると、どんどん初彼女のハードルが上がっているような感覚もどこかにあった。そうか、付き合うってそんな気軽に……まあそうだよな、結婚するわけじゃないんだもんな。涼太は、何だか気が楽になっていくのを感じた。

「ここで次のミッションの話ね。ミッション①をこなすにあたって、きっと『女の人との出会いがない』問題が出てくるよね」

「あ、はい、そうです！　出会いがないんです。だからずっと好きな人もできなかったし」

「ミッションその②　週1ペースで出会いの場に行くこと」

「週1ペース……!?　出会いの場……!?」

「うん。このペースは絶対に守ってね、マストで。大丈夫だよ、こんなの運も縁もいらないことだから。行動さえすれば達成できる。涼太くんがやる気を出して情報収集をして、フットワークを軽くすればいいだけ。涼太くん次第でしかないの。簡単だよ」

「出会いの場って、たとえば……?」

「合コン、街コン、相席居酒屋、友達の紹介、同窓会、オフ会、いっぱいある」

「なるほど……!」

「そういう女の人と出会うシチュエーションを、まずは週1ペースで、必ず予定として組んでね。男だらけの職場なら、その活動に付き合ってくれそうな同僚とかいるんじゃない?」

「いると思います……頼めば合コンもセッティングしてくれるとは思います……でも……」

「うん、でも？」

「合コンとか苦手なんですよね……というか、そういう出会いの場が全般的に……。過去に何度か行ったことはあるんですけど、いつも何を話したらいいかわからないっていうか、僕は性格的にああいう場に向いていないのかなぁって……」

「大丈夫だよ。『こういう場が得意な男は嫌だ』っていう女の人って実は多いし。合コントークがうまいキャラは、いると便利だけど、それを自分の彼氏にしたいっていう女の人のほうが少数派で、慣れてなさそうな人とか、うまく立ち振る舞えていないくらいの男の人のほうが、彼氏候補としてみるなら好印象だったりもする」

「そうなんですか……!?」

「ただし！」

そういうとハナコは、また一拍置いて、ニヤリと笑った。すごく重要なことを言いますよという雰囲気が伝わってくる。

「鎖国しちゃうのはダメ。あくまで交流はしないといけない。だから出会いの場に行く時は、話を回すのがうまい人を一緒に連れて行くといいよ。出会いの場慣れしていて、初対面トークが得意な男友達と一緒に参戦するべし」

「それだと、そいつに全部持って行かれないですか？」

「さっきも言ったけど、そういう男がタイプの女の人ばっかりじゃないから大丈夫。涼太くんは、きっとそういう場で自分から話しかけたり、話題をつくって話を振ったりするのが苦手なんだと思うけど、相手から話しかけてくれたり、誰かから話を振ってもらえたら、話せるんだと思うの。女の人と話すキッカケづくりが苦手なだけ。

だからそこは他人の力を借りたほうがスムーズだよ。MC役がうまい男友達を隣につけよう」

「なるほど……！」

「グイグイいける男だけがモテるわけじゃないから大丈夫だよ。女の数だけ、好みの男のタイプってあるから」

「自分より喋れるヤツと行くと負けるだけだと思ってました。どうせ今日も霞んで終わるんだろうなって思って最近では行かなくなっていたし……そっか……でもそう考えると自分次第では逆にあいつらを味方にすることもできたのか……」

「そうだよー、出会いの場に強い人とか初対面トークが得意な男友達は便利だから大事にしたほうがいいよ！　キッカケづくりと話を盛り上げることはお任せして、涼太くんはただ、その輪の中に入れてもらうだけでいいんだよ。誰がつくった輪だろうと、同じ輪の中に入って楽しくお喋りできた後には、そのメンバーは仲良くなれているものだから」

出会いの場において、男は皆ライバルなんだと思っていた。誰かがいいところを発揮した分だけ自分は不利になるもんだとばかり思っていた。

これまで出会いの場に苦手意識があったのは、この思いこみのせいだったのかもしれない。なんだか早く出会いの場に行きたくなってきた。

「ミッションその③　女の連絡先を10個ゲットすること」

「10個……!?」

「うん。10個だからそうだなー、週1ペースで出会いの場に行くとすると、最短で2週目には達成できるかもね。街コンとか相席居酒屋だと1回の収穫量が多いだろうし」

「そ、そうなんですかね……!」

「うん。女性との会話が得意な男をちゃんと味方につけて臨めば、大丈夫だよ。誰にも頼らず鎖国するから惨敗するの」

「たしかに、思い返すと、過去の僕は出会いの場で貝になってた……」

「ウケるね（笑）。涼太くんは、話しかけるのが苦手なだけで、話をすること自体は苦

手じゃないから大丈夫だよ。だって今さ」

そう言うとハナコはまた一拍置いてきた。なんとも意味ありげだ。涼太はハナコの期待に応えるように、集中力を高めて次の言葉に耳を傾けた。

「涼太くん、私のこと笑わせたもん」

ドキッとした。

「涼太くんはね、話しはじめればおもしろいんだよ。基本の姿勢がすごく素直だし、自分を見る目がフラットだから、話していて爽やか。だから安心して、話の輪をつくるのが得意な男友達を連れて、出会いの場に行っておいで」

涼太は、胸が熱くなるのを感じた。この人の言葉は、僕の琴線に触れる。よっぽど心がゆるんだのか、気づいたら自分からハナコに話しかけていた。

「僕、自分に彼女ができたことがないのは、自分が人より冷めているからなんだと思ってました」

初対面の女の人に対して、振られた話題への返事ではなく自分から話題を切り出すだなんて、僕らしくないと思った。僕らしくなくて、解放的だった。

「冷めていても彼女はつくれるし恋はできるよ。だって私、すっごく冷めているけど、13歳以降恋をしてなかった時期なんてないもん」

ハナコが大げさに首を傾《かし》げて微笑んだ。可愛い。

「彼女をつくるために必要なのは情熱じゃなくて行動力だからね。それだけ。まあ情熱的な人はそれがあることが多いけれど。

彼女をつくる！　って決意をして、彼女をつくるための行動をとれば、超――冷めた気持ちでいても彼女はできるよ。そういう男の人って、よくいるしね。うちの受付の佐藤くんなんか、まさにそうだよ」

「え、そうなんですか……!?」

「うん、だから彼と恋バナするとおもしろいよ」

「おもしろいんですか……!?」

「情熱がない人って、身も蓋もないこと言うからね。相手の女の人に対して夢中になってないから、第三者みたいな冷静な視点で自分の恋バナを語ってくるから。情熱的な人のよくあるノロケ話よりおもしろいよ。きっと涼太くんも間もなく、おもしろい恋バナをできる男になるよ」

❖

この日最後の相談者が帰ってから5分ほどして、ハナコがカウンセリングルームから出てきた。

「先生、今日もお疲れさまでした」

「うん、今日もありがとね」

「さっきの男性、来た時と帰る時でずいぶんと雰囲気が変わっていましたね」

「ほんと？　よくなっていた？」

「はい、なんか感動的な映画を一本観終えた後みたいな心の火照りが顔に出てました」

「えー、琴線に触れたのかな？　ハナコ冥利に尽きるなー」

「あとなんだか帰り際、僕のことをチラチラ見ていたような気が……」

「ああ、ちょっとね、佐藤くんの話したから」

「え？」

「ね、なんか新しいネタないの？」

「あー、女のネタですか？」

「そう」

「あー、そうですね。先生を笑わせるために、今週末は街に出て仕込んできますね」

「いいスタッフだね（笑）。期待してる」

❖

帰り道、涼太はハナコとの会話を繰り返し思い出していた。

1時間はあっという間に過ぎていった。帰り際に涼太は質問をした。

「それで、無事に10個の連絡先をゲットできたとして……その後はどうするんですか？」

「デートをして、気にいる子を見つける。見つかったらその人をターゲットに定めて、彼氏になりたがる」

「さっきみたいに、ミッション④とかって言わないんですか？」

「うん。今日決めた3つのミッションあるでしょ。あれをこなした先にはね、今とは全然違う涼太くんがいると思うの。今までとは違う考え方をするようになっている涼太くんが」

「違う僕……」

「人って、やったことないことをした分だけ、頭の中がアップデートされて変わるから。週1ペースで出会いの場に出向いて、連絡先を10個ゲットする努力をして、ターゲットを定める頃には、今とは全然バージョンが違う涼太くんがいる。きっと今までとは違う発想をするようになっているだろうし、そうすると自然に違う行動をとるから、涼太くんの世界は変わるよ。

だから今から新世界でのことを考えてもなぁって。現地に着いてからじゃないとわからないことだらけだし」

「とりあえず、3つのミッションに集中すればいいってことですね」

「うん。3つのミッションをコンプリートする頃にはもう悩んでいない可能性が高いけど、仮にまだ悩んでいたとしても、悩みの中身は変わっている。

行動した分だけ、悩みの中身は変化するから。悩みが変わると解決法も変わるし立てられる作戦も増える。そうなったらまたその時に新しい作戦を立てよう」

3つのミッションをこなした先に、僕はまだ彼女ができていないかもしれない。だけど。

思春期の頃から長らく抱えていた、途方に暮れるような思いがすでになくなっていることに涼太は気づいていた。

僕はきっと彼女をつくれる。だって、できなかったんじゃなくて、つくろうとしたことがなかっただけだから。ハナコにそう言われた瞬間に、涼太はこの悩みから半分くらい解放されていた。

行動しよう。違う悩み方をして、またあの人のところに行こう。

涼太はスマホをとり出すと、以前はよく合コンに誘ってくれていた同僚の大輝《だいき》に電話をかけた。

「あ、もしもし。今平気？　あのさ、大輝って最近も合コンとかやってるの？　え、何？　今？　ひとりだけど。うん。出先から帰るところ。え、街コン？　今から行くの？　それ一緒に行ってもいい？　わかった、向かうわ」

未来は、いつだって、今日ここからする言動次第だ。

ケース4

年収が低い男

運ばれてきたポテトサラダを見て剛士《たけし》は「ハズレだ」と思った。生ビールという名がつけられている発泡酒が運ばれてきた時から期待はしていなかったが、やはり、この店はハズレだ。値段通りでしかない。そんな剛士の思いを読みとったらしく、優也《ゆうや》が言った。

「ポテサラ、業務用だね。残念」

「ん」

「なんか最近、俺もその『ポテサラ診断』するようになってきちゃったよ。あと弁当にポテサラがついてると、必ずタケの顔がよぎる」

剛士は週に3度ほど、こうして仕事帰りに飲みに行く。優也は同僚であり飲み仲間のひとりで、高校を卒業した年に就職した電機メーカーの工場で出会って以来の付き合いだ。もうすぐ10年目になる。ひとり暮らしをしているから早く帰っても夜が長いだけだし、これといった趣味のない剛士にとって、仲間との飲み会は唯一の趣味だった。

剛士には「ポテサラが美味しい店は、何を食べても美味しい。ポテサラに一工夫ある店は全体的に期待ができる。ポテサラが業務用の惣菜の店はハズレ」という持論があり、それを仲間内では「タケシのポテサラ診断」と呼んでいた。

剛士に行きつけの店はなかったが、いつも似たような店を巡っていた。いわゆる安居酒屋と呼ばれるタイプの居酒屋だ。

「まー、安居酒屋だから、こんなもんだよな。俺らが行くような店で、当たりのポテサラを出してくるほうが奇跡的だし」

「ハズレポテサラは安月給の宿命っすか〜」

年齢も勤続年数も同じで、職場でのポジションもそう変わらない優也と剛士は、当然稼ぎも同じだ。月給23万。就職した時は18万円だった。10年間真面目に勤めるなかで5万円昇給した。

剛士はポテサラを一口食べて、今日の昼の生姜焼き弁当の端っこについていたヤツとまるっきりおんなじ味だな、と思いながら、味の薄い発泡酒を飲むと、もう何度口にしてきたかわからない言葉が今日も口からこぼれた。

「あ〜、金ほし〜〜〜、もっと稼ぎて〜〜〜」

「同感でーす。もしくは宝くじ当たってほし――」

「俺、宝くじ当たる可能性を持ってねえわ。だって、その200円すら惜しいもん。まじ貧乏。てか優也、宝くじ買ってんの？」

「買ってるよー、毎月連番で10枚は買ってる。まあ俺は、タケほど飲みに金を使ってないからさ。てか、タケとしか飲んでない。だからその分お金に余裕があるの」

「僅差じゃねえか。俺の一回の飲み代2000円だぞ」

生ビール190円の旗に釣られて入った居酒屋タヌキは、ポテサラ診断の通り、何を頼んでも場末のカラオケのアラカルトクオリティで剛士をゲンナリさせた。だいたいにして190円のそれは生ビールではなく発泡酒だ。さすがに客の舌をナメすぎだろう、と口に含むたびにイラッとした。頭が冴えてると萎えるので逆に酒は進んだ。

剛士は1回に使う飲み代は2000円までと決めている。そうしないと週3で飲みに行くことができないからだ。

終電まではまだまだ時間もあるが、伝票のリミットがせまってきた。あーあ、金があったらもう一軒行けるのに。不意にそう思い、そしたらすごく萎えた気持ちになった。騙されて飲んだ発泡酒の口直しがしたかった。でもそれをしてしまうと予算オーバーだ。30歳も近い男が、安居酒屋のハシゴ酒もできないなんて惨めだと思った。

剛士は舌打ちをしながら店をあとにした。発泡酒のことを生ビールと表記する店の不誠実さに腹が立っていた。でもそれ以上に、飲み直す財力のない自分の腑甲斐なさにも今夜はムカついていた。

「あなたの人生の作戦会議をします」

剛士がその文字に気がついたのは、優也と別れてひとりでコンビニに寄っていた時だった。鼻炎持ちである剛士はレジ横に置かれていたティッシュをポケットに突っこんでいた。

「人生の作戦会議……」

パッケージに書かれたその一行に妙に心を奪われた。

❖

「こんにちは、王生際ハナコです」

その週末、剛士はあのティッシュに書かれていた「王生際ハナコ作戦会議室」とやらを訪れていた。あれ以来、あなたの人生の作戦会議、そのフレーズが妙に気になった。

そして今、何だかわからないが、すごく綺麗な女が目の前にいる。これまでの27年間で出会った女の中で確実に一番綺麗だ。ただでさえ、よくわからない状況に緊張していたのに、こんな美人と密室にふたりきり……。

「あ、え、えっと……」

それでどもっていると、ハナコはニッコリと微笑み、持っていたノートを開いて、ピンクのボールペンと共にこちらに差し出してきた。微笑み方が女神すぎる、と思った。そして俺は美人に免疫がなさすぎる、とも。工場にも安居酒屋にも美人はいないのだ。

「緊張してる？」

「あ、は、はい。すみません、女の人と話すのも久しぶりだし、俺、話し下手なんで……」

「大丈夫だよー私が話すから！　私が男の人と話すの得意だから！」

「そ、そうなんですか」

「得意っていうか、好きなの！　男の人がね！　だって女だから」

気づいたら笑っていた。剛士の中の女像は、高校時代の「女子」で止まっていたが、自分が思っている女と目の前のハナコという女は、だいぶ違う生き物のように思えた。

「お名前、書いてもらっていい？」

「あ、はい」

開かれていた白紙のページに名前を書きこんでいると、ハナコが話しはじめた。

「私は占い師ではないので未来の予言をする係ではありませんし、心理カウンセラーでもないので心の治療もいたしません。私の仕事は、お悩みを解決することです。一緒に、あなたの人生の問題解決をします。具体的に言うと、あなたが欲しい未来を手に入れるための作戦を、一緒に考えるというわけです」

占い師ではない……カウンセラーではない……。

「そのことのために、今日から取り組めるミッションを決めて、あなたの人生を動かしていきましょう」

ミッション……？

名前を書いたノートをハナコに戻す。

「斉藤《さいとう》……お名前はタケシって読み方でいいんだよね？」

「あ、はい」

「剛士くんね。何歳？」

「27歳です」

「そっか。それで、今日はどうしたの？　何か悩みがあるの？」

そうだった。ここは作戦会議室だった。

「悩み……と言えるのかわからないんですが」

「お！　うん、いいよいいよ、とりあえず言ってみて」

「もっと稼ぎたいな、って」

声にしてすぐに後悔した。いい大人が、ずいぶん間抜けなことを言っている。そもそも、こんなの悩みと言えないだろう。お金が欲しい、もっと稼ぎたいだなんて、誰もが思っていることだ。思っているけれど、どうしようもないから、みんなそのままで生きているんだ。こんなの「不死身の体が欲しい」とかと同じくらい、とんちんかんだ……。こんなこと言われてもハナコは困るに決まっている。解決できるわけがないじゃないか。

「もっとって、どのくらい？」

「え？」

「お給料を増やしたい、っていう相談ってことだよね？」

「え、あ……」

「剛士くんって今は何のお仕事しているの？　お給料いくらなの？」

「あ……工場に勤めていて、月23万です」

「そっか。で、具体的に、いくら稼げるようになりたいの？」

「え……」

いくらだろうか。安居酒屋以外の店でも飲めるようになりたい、とは常に思っていた。いや、違う。２０００円リミットを感じずに飲めるようになりたい、と思っていたんだ。お金のことは気にせずに、もう一杯飲みたい。薄い時はダブルにしたい。終電まで居酒屋にいたい。

「あー……30万円とか」

「ほう。じゃあ今より7万円プラスってことか」

「……はい……無理っすよね……。高卒だし、取り柄ないし……」

こんなスペックで月30万も欲しがるだなんてバカみたいだ。稼げる額を上げたいなら、資格を取れ、学歴を上げろって話だ。そんなこと自分でもわかっている。でも俺はそれをサボってきたから月23万の人生なのだ。

きっとハナコもそう思って呆れているに違いない。そう思ってうつむいていると、ハナコの明るく笑う声が聞こえてきた。

「いやいや、何でよー。プラス7万円だったら確実にイケるよ、さすがに」

「え？」

「お金を稼ぐってことについての、基本的な話からするね」

今からでも、この俺でも、イケるのか……？

この悩みって解決できるものなのか……？

「働くというのは、自分の時間をどう売るか、ってことなの。だからその売り方次第で、収入は上がったり下がったりする。

基本的に、世の中は時間給だから、まず今よりも働く時間を増やせば、単純に稼げる額は上がる。ダブルワークをするとか、残業をするとかね。

それから働く時間を変えることでもお給料は変わってくる。働くことに費やす時間が同じでも、タイミングを深夜や早朝にずらせば、それだけで稼げる額は上がる。

お金ってね、人が嫌がることをやるか、人から感謝されることをやると、余分に手に入るんだよ。だから人がやりたくない仕事や、働きたくない時間に働くと、その分だけ多めに稼げる。

だからプラス7万円だったら、今より働く時間を増やせば、すぐに稼げるよ。寝る時間を削って、体力のギリギリのところまで働く時間を増やせば、月30万は来月にでもかなうよ」

「そうか、たしかに……俺の会社は副業オーケーだから、ダブルワークをすれば月収は上がるのか……」

「うん、あとは働く時間帯を変える、とか」

「あー……それはちょっと」

「どうして？　友達と遊ぶ時間が合わなくなるから、とか？」

「居酒屋で飲むのが好きで。深夜とか早朝が主な勤務時間になると、飲みに行けなくなりそうだから」

「そっか。それは大事なことだね。そしたら勤務時間は譲れないね」

「はい……」

「じゃあ、働く時間は普通にして、内容がヘビーなやつにすれば？　もっと人がやりたがらないような作業を仕事にすれば、稼ぎは上がるよ」

「たとえば……？」

「汚いものを触るとか、怖い思いをするとか、危険に身を晒すとか、体を酷使する系は、高額だよね」

「え……俺こう見えて血とか虫とか無理っす……」

「うん。じゃあ血とか虫系は外すとして。でもさ、剛士くんが苦手な虫とか血が全然平気な人がいるように、多くの人にとっては嫌なことでも、人によっては全然平気なことってあるんだよね。

　だから、多くの人が嫌がることで剛士くんにとっては嫌じゃないことがあるとすれば、それを仕事にすると得だよね。仕事の種類って無限にあるから、探せばあると思うよ」

「そういうことか……！」

「うん。お金のために嫌なことをするのはよくないし。あくまで剛士くんが嫌じゃないことで稼がないとダメ。仕事のストレスは、未来の医療費になっちゃうから。嫌なことをして稼いでも、そのお金はいつか医療費に持ってかれるよ。それじゃ稼いだ意味ないよね！」

「そうですね……！」

「で、ここまでが、自分の時間を高く売ることで稼げる額は上がる、っていう話ね」

「はい」

「ただ、時間給の稼ぎ方って限界があるんだよね。月に100万円くらいまでだったら、うまく予定を組むことで稼げるようになるけれど、それ以上を目指す場合は、この作戦だと弱い」

100万円以上……!?　自分には無縁すぎて、もはや願ったこともない額だった。この話がどのように展開していくのか、あまりにも見当がつかない。剛士は興奮していた。

「もし剛士くんが100万円以上を目指したくなったとしたら、その時は、自分の中にある特殊能力を生かすプランが必要」

特殊……能力……？

そんなものは俺にはない。やはり縁のない話だったか。剛士は、一瞬でも期待し、興奮して前のめりになった自分を恥ずかしいと思った。

「あ、今、諦めたでしょー」

「えっ」

「目が死んでる」

ハナコはそう言って笑った。そして少し真剣な顔をした。

「剛士くんの貴重なお金をいただいて、今、この時間を過ごしているんだから、剛士くんに関係ない話なんかしないよ？　1秒も無駄な会話はしないから、ちゃんと自分ごとだと思って聞いてほしいのだけど」

「はい……！」

「剛士くん、趣味ってある？　仕事以外で一番時間を使っていること、日常的にわりとお金を使っていることって何？」

「趣味、ですか……。うーん」

「仕事でもないのに、普段から時間やお金を使っていることがあるとしたら、そこに剛士くんが稼げる可能性があるよ」

「俺、無趣味なんですよね……」

「休みの日は何をしているの？」

「夕方までずっと寝てますね……」

俺って、ほんとつまんねえ男だな……。自分のことについて話せば話すほど、うんざりしてくる。ハナコもさすがに呆れているだろう……。しかし、ハナコはかまわず質問をしてきた。

「夕方に起きて、そのあとは何をしているの？」

「飲みに行ってますね。……って、それはさすがに関係ないですよね……」

「どのくらい時間とお金を使っているの？」

「飲みに、ですか？　週3くらい。多い時は週4とか。飲み代は、平日は2000円以内に抑えてるんすけど、休みの日だとついつい超えちゃうから、月に4万くらいっす」

「すごいじゃん。すごい使ってんじゃん。給料の5分の1ってけっこうな額だよ」

「安居酒屋ばっかっすよ。もうこの10年くらいずっと、似たような居酒屋ばっかり転々として細々と飲んでます」

「剛士くん、それだよ。それ」

「え？」

「剛士くんの特殊能力は、安居酒屋に通う客の気持ちをよく知っていること、これ！」

「え……？」

「お金や時間を使うってことはね、投資になっているんだよ。かれこれ10年近く安居酒屋通いを続けてきた剛士くんは、つまり、安居酒屋に対して480万円も投資してきているの。

そして10年間、業界の動きも見続けてきている。どんなメニューが長年支持されているのか、どんなメニューがすぐに廃番になっていったのか、どんな店が残って、どんな店が潰れたのか、どんなサービスに客は喜ぶのか、安居酒屋に来る客層が、どんなことをお得だと感じ、どんなことを損だと感じるのか、そういうのをずっとリサーチしてきたようなもんだよ」

「……たしかに、それは、わかります……！　散々、飲み食いしてきてるんで……」

「その情報って、誰でも持っているものじゃないんだよ。剛士くんが10年間、週4日も居酒屋に通って、480万も使ったことで、やっと手に入った情報なんだよ。その情報は、お金になる可能性があるものだよ」

考えたこともなかった。でも言われてみればたしかに、もし俺の居酒屋通いの歴史が仕事として行ったことで、マーケティングのための調査活動だったなら、ずいぶんな時間とお金を注いだプロジェクトなのかもしれない。

「基本的にね、自分が太客になっている業界には、自分が稼げる可能性があるんだよ。それに対してお金を払う人の気持ちがわかるって商才だから」

「……！」

「みんな、自分の能力に気づいていないんだよね。ただの趣味だと思っているの。もったいないよー、投資した分、回収しようよー、って私はいつも思っているんだけどね」

そう言ってハナコはまた女神のようにニッコリと微笑んだ。

「剛士くんの頭の中には『安居酒屋の需要とは』っていう分厚い本が入っている。安居酒屋のプロだよ。ねえ、普段ってひとりで飲んでいるの？」

突然に質問が飛んだ。え、俺、口説かれてるの？　剛士はドキッとしながら、それを悟られないように気をつけて質問に答えた。

「いや、野郎とばっかです……職場の同僚とか、高校時代の友達とか、先輩とか、チーム安月給って俺は心の中で勝手に呼んでるんですけど」

「お！　いいね、じゃあ、安居酒屋に通う系の知人もたくさんいるわけだ。未来のお客さんじゃん。安居酒屋に通った月日の分だけ仲間がいるでしょ、有利だね」

全然口説かれていなかった。舞いあがった反応をしなくてセーフだった。

❖

帰り道、剛士は興奮していた。

カウンセリングの終わりに、ハナコは再度「いろんな稼ぎ方がある」と説明していた。

そうして最後の最後に、

「剛士くんは若くて健康な体を持っているし、余っている時間もある。だから月30万円はすぐにかなうだろうけど、せっかくそんな特殊能力があるんだから、安居酒屋を起業するっていうプランが私はオススメだなー。とりあえずそのつもりで今日からを生きてみてほしい。私は白ビールが好き。あとね、ポテトサラダが美味しいお店のことは信頼しちゃう」

と言った。この人もポテサラ……！　剛士は自分のどこかを撃ち抜かれた気がした。

「どう？　イケそう？　時間給パターンと、特殊能力を活かすパターン、どっちで作戦を立てたい？」

そう訊かれて、言葉に詰まった。数十分前にこの席に座ってから、なんだかあまりに怒濤の展開で、思考が追いついていなかった。するとハナコはさらに言葉を重ねた。

「それともどっちもイケなさそう？　それだったら他の案も出すから教えてね。剛士くんがイケそうな気がするまで、ひねり出すから」

喉元まで言葉は出かかっていた。特殊能力を活かすパターンで行きたいです、と。でも声に出せなかった。やっぱり俺なんかが、学歴もない資格もない英才教育も受けられなかった俺なんかが、30手前で一念発起するなんて、身の程知らずなんじゃないか。イケるとか思ってはじめて結局ダメだったら、今以上にダサくないか。

頭がパンクしそうになった瞬間、それまでじっとこちらを見つめていたハナコが口を開いた。

「迷った時はね、より勇気がいるほうを選ぶと、より大きく未来が動くよ。

選ぶことに勇気がいるのは、未来への影響力が大きいからなんだよね。つまり、使った勇気の分だけ未来は変わる。

あとね、やるかやらないか悩んだ時にオススメな判断基準は、ワクワクするかどうか！　そのことを想像してワクワクした時は、やってみる。

私はね、はじめたことがうまくいくかどうかって、そんなに重要じゃないとも思うんだよね。うまくいかなかったとしても、取り組んだその先には必ず、今とは違う現実と、別人な自分が残るから、新しいことをはじめた時点でその結果はどうあれ人生ってどんどん動いていくよ」

「……特殊能力を活かしたいです」

手本にしたいポテトサラダの心当たりは、すでに5つある。刻んだベーコンとタクアンを入れるとポテトサラダは絶品になる。生の玉ねぎを入れているお店が多いが、ポテサラの玉ねぎは加熱したもののほうが甘みが出て美味しいし口に嫌な後味が残らない。柴漬けがゴロゴロのポテトサラダも美味しかった。ビールと名づけた発泡酒を出すお店は潰れる。誠意は大事なのだ。

「おっ。顔がワクワクしてる。いいね。じゃ、そのパターンのミッションを出すね」

「ミッション？」

「うん。

ミッションその①　居酒屋を開く方法を調べること。

居酒屋の起業に必要なことが具体的に何なのか、リストアップしよう。資格、資金、そういうのをハッキリさせて、それでまた作戦を立てよう」

「はい……！　なんかワクワクしてきました。ワクワクっつーか、バクバクする心臓が」

「うん、わかる。さっきと違って目が死んでないもん、ワクワク1年生って感じ」

そう言いながらハナコが目を見て笑ってきたので、剛士の鼓動にはドクドクが加わった。この人の振る舞いは愛くるしすぎて心臓に悪い。

❖

―10カ月後―

14時30分。ハナコが来るよりも15分早く、助手の佐藤はこのマンションに入る。空調を整えておくためだ。ハナコは不快感に弱い。

室内が快適な温度になる頃、ハナコは現れる。

「先生、おはようございます」

「おはよー。あれ、寝起き？　顔むくんでるね」

「あ、昨日ちょっと飲みすぎちゃって」

「そうなんだー。二日酔いしてない？　大丈夫ー？」

「はい。あ、そういえば昨日のお店、先生が好きそうな感じでしたよ」

「え、ほんと？　なんてお店？」

「まだできたばっかりの安めの居酒屋なんですけど『ポテサラたけし』っていうお店で。ポテサラに一工夫あって、いかにも先生が好きそうな感じでした」

「あ、それ、剛士くんミッションコンプリートだ」

「え？」

「そっかそっか。今度私も連れてってー」

❖

「ポテサラたけし」をオープンして3カ月がたった。飲み仲間たちに声をかけたら、知り合いだけで開店初日は満席になった。

安月給の周りには安月給が集まっているらしく、飲み仲間の飲み仲間が飲み仲間を連れて来てくれる雪だるま式でポテサラたけしはどんどん顧客を獲得し、宣伝の打てない弱小個人店ながら集客には苦労しなかった。

「おはようございます！」

バイトの山田《やまだ》が出勤してきた。

「おはよう。今日もよろしくな」

ふたり並んでポテサラの仕込みをはじめる。剛士が玉ねぎを刻んでいると、冷蔵庫からタクアンをとり出しながら山田が言った。

「店長、そういえば、いつも気になってたんですけど！　この紙って何ですか？」

ポテサラたけしの冷蔵庫には一枚のメモ用紙が張ってある。そこにはこう書かれている。

「迷った時は勇気がいるほうを選ぶ。

ワクワクした時はやってみることにする」

「あー、それはね、俺の師匠の教え」

こんな自分じゃ嫌だ。違う自分になりたい。その気持ちを認めた時から、人生は動き出す。


未来は、いつだって、今日ここからする言動次第だ。

ケース5

不倫から抜け出せない女

「鈴木様《すずき》、いつもありがとうございます。本日お誕生日ということでラインストーンを無料でおつけできますが、いかがですか？」

32歳になったその日、せっかくの誕生日が日曜日であることを呪いながら英恵《はなえ》はネイルサロンにいた。

「あ、いえ。ストーンは大丈夫です。彼がキラキラしたネイルは苦手だと言っていたので……」

断りながら、このネイルを洋司《ようじ》が見ることはあるのだろうか、という疑問が浮かんだ。このネイルが伸びきるよりも前に、洋司が会いにきてくれる夜はあるのだろうか。

「そうですか。かしこまりました。では、右手のオフからはじめていきますね」

「お願いします」

憧れの上司だった洋司との不倫がはじまったのはちょうど1年前のことだ。去年の誕生日は金曜日で、洋司がリーダーを務め、英恵がアシスタントしていたひとつの大きなプロジェクトが節目を迎えた日で、チームのみんなで打ち上げをしていた。

その日、洋司はひとつの席に落ちつくことなく、部下一人ひとりの隣に座っては「あの時の君のあの動きのおかげで、俺は助かったんだよ。ありがとう」などと労いの言葉をかけて回っていた。上司風を吹かせない男なのだ。洋司のそういうところを英恵は素敵だと思っていた。

そうして英恵の隣にも座った。メインアシスタントとして支えていた英恵は残業続きでキツかったのだが、そんな日々が報われるような労いの言葉をかけてくれた。

それからしばらく雑談をしていた。流れで、今日が英恵の誕生日であることが話題に出ると、洋司は「え、じゃあ、この後は彼と待ち合わせ？」と聞いてきた。「彼なんていませんよ。寂しい誕生日です」と答えたら、「そうなの？　じゃあ、今年の誕生日は、俺がもらってもいい？」と言ってきた。びっくりした。言葉に詰まっていると耳元まで近づいてきて「店出たら、2次会は行かないでね。ひとりになったら俺に連絡ちょうだい」と囁かれた。そしてその夜にふたりははじめて寝たのだった。

それ以来、英恵は洋司と付き合うようになり、ずっと順調だった。

雲行きが怪しくなったのは3週間前のことだ。

いつも通り、洋司が英恵の部屋を訪れていた日だった。誕生日まで1カ月を切っているというのに、とくに話題にのぼることがなかったので、自分から切り出したのだった。

「もうすぐで、私とあなたがこうなってから1年だね」

「そうだね」

「今年も誕生日はお祝いしてくれるの？」

「うん、もちろん」

「ほんと？　日曜日だけど」

「あー、うん。だから当日は難しいよ。少し早いけど、金曜日にお祝いしよう」

ちょっとムッとした。不倫であることはわかっている、家庭が最優先であることも。

でも、そんな風に堂々と奥さんを優先されると、やはり気分が悪い。あなたは「妻を優先するのは仕方ない」と思っているのかもしれないけれど、私からしたら、ただの「私以外の女」だ。他の女のせいで誕生日に会えないなんて、正直やりきれない。

それでつい不満を口にしてしまったのだった。

「ねえ、その日曜日は会えないっていうやつ、いつもはしょうがないと思っているけど、1年に一度も無理なの？　誕生日だし、1年記念日でもあるのに……その日くらい、どうにか出てこられないの？」

「……ごめん、その日は子どもの運動会があるんだ」

「……夜は？　運動会って夕方には終わるんでしょ？」

「そうだけど、その日は難しいよ……」

はじめてぐずった英恵を、洋司は困ったように笑いながら抱き寄せてきた。

「……じゃあ、お祝いしてくれる金曜日は、朝まで一緒にいたい」

「…………」

「……土曜日は家族サービスの日だから無理か。じゃあ、今日は？　今日このまま帰らないで朝まで一緒に眠るっていうのは？　それもダメ？　いいじゃない、今日だけなら。ただの平日だよ」

洋司の背中に回していた手にギュッと力を入れ、ありったけの甘えん坊モードで英恵は粘ったが、洋司は答えなかった。そっとキスをしてから「シャワー浴びてくるね」と言い、その後はいつも通りに、帰ってしまったのだった。

そしてその日以来、洋司の態度が変わった。連絡をすれば返ってはくるものの、具体的な日にちが提案されなくなり、「忙しい」日々が続いていて、お祝いすると言っていた金曜日にも結局会えなかった。そんな時にいつもだったら添えられている「近々必ず埋め合わせするから！」の1行もなかった。

❖

「鈴木様、本日の施術は以上になります」

いつの間にか、ずいぶんと時間がたっていたようだ。

ネイリストが会計の準備のため受付に向かい、ひとり個室に残された英恵は身支度を整えながら、ため息をついた。ああ誕生日だというのに今日の予定はもうこれで終わりだ。

腕時計を見ると18時だった。今日が終わるまで、あと6時間もある。そう思ったらウンザリして、ウンザリしたことにもウンザリした。洋司との関係がはじまってから、土日は憂鬱な曜日になった。土日というだけで気分が沈んだ。今日はそこに記念日と誕生日までもが加わっている。なんだかもうコテンパンだ。

「あなたの人生の作戦会議をします」

そう書かれた小さなカードを英恵が見つけたのは、お会計をする前に入ったトイレの中だった。

あれ？　いつもこんなものあったっけ？　と思いながら手にとり、裏面を見ると「王生際ハナコの作戦会議室」の文字と、ネイルサロンからほど近い場所の住所と電話番号が載っていた。

❖

「こんにちは、王生際ハナコです」

「す、鈴木英恵です。よろしくお願いします……」

トイレでカードを見つけてから20分後、英恵は呆気にとられながら自己紹介をしていた。帰りたくなかった、時間を潰したかった、何かを変えたかった、モヤモヤしていた。そういういろんな状況が英恵をこの場所に導いた。

勢いで来てはみたものの、どうしたらいいかわからない。とりあえずハナコの顔を見る。すごく綺麗な人だと思った。陶器のような肌と、そこに乗ったパーツひとつひとつも愛らしく美しい形をしているが、なんかこう根本的に、骨格から端整な感じだ。両親から美形なんだろうなぁと想像が膨らむ。

自分たちに似て超ド級の美人になるとわかっていただろうに、どうしてハナコという素朴な名前をつけたのだろう、どれだけ華やかな名前をつけても絶対に名前負けしないのに。私ならもっとすごい名前をつけるのになぁ、などと考えていると、ハナコが持っていたノートを開き、こちらに差し出してきた。

「お名前、書いてもらっていい？」

「あ、はい」

開かれていた白紙のページに名前を書きこんでいると、ハナコが話しはじめた。

「私は占い師ではないので未来の予言をする係ではありませんし、心理カウンセラーでもないので心の治療もいたしません。私の仕事は、お悩みを解決することです。一緒に、あなたの人生の問題解決をします。具体的に言うと、あなたが欲しい未来を手に入れるための作戦を、一緒に考えるというわけです」

占い師ではない……カウンセラーではない……。

「そのことのために、今日から取り組めるミッションを決めて、あなたの人生を動かしていきましょう」


ミッション……？

名前を書いたノートをハナコに戻すと、ハナコが質問をしてきた。

「何歳？」

「31歳です」

そうなんだーと言いながら、ハナコが名前の横に「3」と書きはじめたところでハッとして、すぐに訂正した。

「あ、違う！　32歳になりました。すみません」

「え！　あ、うん、大丈夫、セーフセーフ。間に合ったよ。32歳ね」

そう言いながらハナコは「(32)」と書き加えた。

「実は今日が誕生日なので、まだ32歳に慣れてなくて……」

「あーわかる！　そもそも25歳くらいからって、年齢を自己紹介する機会が激減するから、基本的に自分が何歳なのか忘れるよね！　私も、別に全然ごまかす気ないのに、しょっちゅう間違えて言っちゃうもん。言う機会が少ないから仕方ないよね〜」

ということは、この人は25歳を過ぎて何年かたっているのか。英恵にとってハナコは先ほどからまったくの年齢不詳だったが、グッと親近感がわいた。

「あとさっきセーフとか言ってみたけど、このボールペン、消しゴムで消せるやつだから、32歳が間違っていてもまた書き直せるから大丈夫だよ！　32歳は、合ってそう？」

「はい、大丈夫です！」

美人なのに、接していて気楽で、不思議な人だと思った。まとっている空気が愛くるしい。気づけば、英恵はリラックスしていた。

「で！　英恵ちゃん、今日はどうしたの？　何か悩みがあるの？」

そうだった。ここは作戦会議室なんだった。

「あ、はい……あの、どこから話せばいいんだろう……」

「恋愛系？　仕事系？　それ以外？」

「恋愛です」

「そっか。好きな人がいるの？」

「……はい」

「そっか。そしたらまず、その人との現状を確認してから、話をはじめようか。今って、どういう関係？　付き合っているの？」

それから英恵は、ハナコの質問に誘導されるようにして、洋司とのこの1年間を説明した。英恵は決して話し上手なほうではないし、普段であれば洋司との全部を0から他人に説明しようとしたら苦戦しそうなものなのだけれど、ハナコの質問は巧みだった。問いかけはどれも短くてシンプルで、それに一問一答していたらいつの間にか、英恵と洋司の恋物語がわかりやすくノートに書き記されていた。

「なるほどー。そういう状況なんだねー」

「はい……」

「それで？　英恵ちゃんは、どうしたいの？　現状の何が嫌で、どんな未来が欲しいの？」

「え……あ、えっと……」

　私はどうなりたいのだろう。言葉に詰まってしまった。

「今は、もう彼と会えないかもしれないというのが一番の悩みになっている感じはするけれど、少し前の曇りなくラブラブだった時期も、土日には憂鬱になっていて、満たされている感じではなかったんだもんね？　ってことは彼が冷たくなるよりも前から、この恋について悩んでいたってことだよね」

　そうか。私はずっと悩んでいたのか。

「じゃあさ、彼のことはいったん置いておいて、まず英恵ちゃんの人生設計について訊いてもいい？　英恵ちゃんはこの先、どんな人生が送りたいとかそういうのある？」

「どんな人生……？　どうなんだろう……」

「これだけは自分の人生において起きてほしい出来事、っていうことって何かある？　たとえば『結婚をしたい』とか『子どもを産みたい』とか。『起業したい』とか『お金持ちになりたい』とか、何でもいいのだけど」

「あ！　結婚したいです。子どもも産みたい」

「そうなんだ。あと逆に、こういう事態だけは避けたい、っていうのは、何かある？」

「えー……なんだろう……」

「たとえば、私の場合は『お金の苦労をしたくない』『海外には住みたくない』がそれかな。結婚相手の親と同居とかもヤダ」

「ああ！　お金の苦労は、私もしたくないです」

「なるほどね」

言いながら、ハナコはノートに「結婚、出産／お金の苦労」と書いていく。

「結婚っていうのは彼としたいの？　子どもは彼の子が欲しいの？」

「えっ……」

洋司に出会うよりもずっと前から当たり前の願望として、いつか結婚がしたい、子どもが欲しい、とは思っていたけれど具体的には考えたことがなかった。

「結婚はともかくとして、出産はタイムリミットがあるからね。親になれれば何でもいいってことじゃなくて、自分の子どもを産みたいんだもんね？」

「え、あ、はい、相手の連れ子とかじゃなくて、自分の子どもを産んで母親になりたいです」

「そしたら今、英恵ちゃんは32歳だから、あと1年以内に誰の子を産みたいかを決めたほうがいいし、そこから1年以内にはその相手から俺の子を産んでほしいと思われたほうがいいし、それで35歳では出産したいよね」

「そう、ですね……！」

「35歳以上で産んでいる人はいくらでもいるけど、それって結果論であって、年をとればとるほど出産のリスクは上がる。母体はもちろん、生まれてくる子ども側のリスクのこともあるし。そう考えると、英恵ちゃんが絶対に子どもを産みたいのであれば、35歳より前に産む人生設計にしたほうがいいと思うよ」

「はい……！」

「で、今のところは誰の子を産みたいの？　彼の子なの？」

「え……」

私は洋司の子を産みたいのだろうか。土日が来るたびに、洋司と結婚して子どもを産んでいる彼の奥さんを恨めしく感じ、羨ましいとも思っていた。

積極的に彼ら夫妻の離婚を望んではいなかったけれど、奥さんと子どもが交通事故などで一気に死んでくれたらいいなぁと願うことはよくあったし、お酒を飲んで甘えん坊になった洋司から「子どもが二十歳になったら離婚するんじゃないかなぁ」などと言われるたびに、彼と家庭を持つ日が来ることを期待している自分がいた。

「でもさー」

英恵が自問自答しているとハナコが口を開いた。

「英恵ちゃん、お金の苦労したくないんだよね？　その彼を奥さんから略奪して結婚して出産したとして、お金の苦労をするパターンの人生だとは思うよそれ」

「えっ」

「英恵ちゃんが、絶対に彼がいい！　彼と結婚したい！　彼の子どもを産みたい！　って考えなのであれば、それは全然いいんだけど。不倫からの略奪婚って、別によくある話だから、かなえようと思えばかなえられることだし」

「そうですか……？　でも、彼、子どもいるし……。やっぱ子どもって強いですよ……」

「そうでもないよ。子ども目線で言うと、私の友達とか、お父さんを不倫相手に持ってかれちゃって家庭崩壊している子ってそんな珍しくもなかったし、私自身もお父さんをとられかけたことあるし。恋は病だからねー、よその家庭のお父さんってけっこう簡単に引っこ抜けるよ。

大人になって暴露トークできるようになると知ることだけど、世の中は複雑な家庭だらけだよ。子どもの時にお父さんを女に持ってかれちゃった子どもって実はたくさんいるんだよ。英恵ちゃん、もっと友達と暴露トークしたほうがいいよ！」

「そうなんですか……？」

カルチャーショックすぎる。たしかに私は、あまり他人の身の上話を知らない。そんなことを打ち明けてくれるような友達がいない人生だった。

「うん。だから、彼と結婚することが英恵ちゃんにとって最優先事項なら、略奪婚に向けての作戦を立ててるんだけど、でも、それでいいのかなぁって」

「略奪婚に向けての作戦……」

何だかもう知恵熱が出そうだった。不倫をしていることを話せるような友達自体がいなかったが、もし話したとして、こんなに前向きに明るいコメントをもらえたとは思えない。ハナコの反応は英恵にとって、いちいち規格外だった。

「あと、もうひとつ言えることは、略奪婚ができる男って、簡単に引っこ抜ける男なんだよね。言い換えると、簡単に引っこ抜かれる男。

つまり、彼と結婚して子どもを持てたとしても、その先には、また他の女に持ってかれる可能性は高い。

そうでなくても現時点で彼は子持ちで、それって旦那候補としては曰《いわ》くつき物件だからね。自分の旦那の稼ぎを、他の女との子どもの養育費に持ってかれるって超嫌じゃない？　ムカつくよね！」

「は、はい……なんか想像するとムカつきますね……」

「家庭を捨てても、子どもへの責任は残る。今いる子どもたちは、いずれ彼が死んだ場合の財産分与にも関わってくるし、何かとお金のことでその子たちは登場してくるよ。厄介だよね」

「はい……」

「だから、どうなんだろうと思って。結婚と出産が経験できるように人生設計を立てるとして、相手って彼がいいの？」

「嫌かもしれません……」

「まあ私ならそんな曰くつき物件は絶対に嫌だよ」

思考回路ショート寸前になりながら、痛快とはこういう物言いのことを言うのだろう、などと考えているとハナコがさらに言葉を続ける。

「とはいえ、彼のことが好きだから、困っちゃうよね」

そうくるとは思っていなかった。けれど、「本当にそうなんです」すぎて、首がもげるほど頷きたい気分だ。洋司の仕事ができるところや、頼もしいところ、どれだけ出世しても少しも偉ぶったりせず、部下に優しくて、新入社員さえも萎縮させない人あたりのよさが好きだ。本当にイイ男なのだ。

そして何より、そんなイイ男が自分とふたりきりの時にはすっかり赤ちゃんみたいになって甘えてくる。そのことが英恵には快感だった。ベッドの中だけで見せてくるあの顔が、たまらなく好きなのだ。赤ちゃんみたいなくせに、今まで寝てきたどの男よりも女の身体をよくわかっていて、セックスをすれば必ず、しばらくは起き上がれないほどの快楽を与えてくれるところも。

この1年間、土日に憂鬱な気持ちになるたびに洋司との別れを考えてきたが、洋司から「好きだよ」と囁かれたり、愛おしそうに髪や肌を撫でられたり、優しく抱きしめられると嬉しくて、結局、自分から別れを告げることはできなかった。

「とりあえず、彼との恋に決着をつける作業をしようか」

「決着をつける作業……!?」

「うん。英恵ちゃんって、片思いだったとしても彼にこだわるの？　今が片思いで、ここから100がんばらないといけないとしても、彼との恋がしたいの？」

「え……私って片思いなんですか……？　キッカケをつくったのは彼だったし、一応、愛されていると思って1年間一緒に過ごしてきたんですけど……」

「それはリサーチしてみないとわからないけど。ここ最近の彼の言動から解析すると、現状、片思いの可能性はあるよね」

「どうしてですか……？」

「そもそもふたりのはじまり方とか、彼が英恵ちゃんを面倒くさがりはじめたポイント、具体的な日にちを決めない最近の態度、そういうのから考えて、彼は不倫の常習犯だとは思う」

「え……」

「英恵ちゃんに惚れたから声をかけたというより、次の女を探していた時期にちょうどいい女として目についたのが英恵ちゃんだった、という可能性が高い」

心外だった。そうなのだろうか。洋司との甘やかなシーンが頭の中を駆け巡る。あのキスに愛はなかったのか。「もうおじさんだし、そんなに性欲強いほうじゃないのに、英恵といると調子狂う」と言って抱きしめられるたびに、自分は洋司にとって特別な女なのだと思っていた。あれは私に惚れているからじゃなかったのか。

「あくまで可能性として、だよ。でも、もしそうだったとしたら、英恵ちゃんどう思う？　それでも彼との恋が大切？」

「……いえ……誰でもいいのなら、ちょうどいい女というだけで私だったのなら、彼が私のことを好きじゃないのなら、それは嫌です……」

「そっか。惚れてもらうためにがんばる！　とかでは、ないんだ？」

「……その気力は……ないかも……」

「そっか。じゃあ、確認しようか。彼の気持ちを」

「気持ちの確認？　そんなことできるんですか？」

「うん。不倫常習犯の男が、不倫相手の女に求めていることって何かわかる？　不倫相手枠の需要とは何か」

不倫相手枠の需要……？　私はそれを満たしていた、ということなのだろうけれど、一体なんだろう。

「都合がいいこと。これがすべて。だから都合が悪いことを言う女になったら、選考落ちする」

心当たりしかなかった。3週間前の私は、それで選考落ちしたのか。

「もし彼が、英恵ちゃんのことを、ちょうどいい女として選んでいただけで、英恵ちゃん自体には思い入れがないのであれば、ちょうどいい女じゃなくなったら離れていくよ」

「たしかに、若干、もう離れていってます……」

「うん、そうだね。でもまだ、確信が持てないんだよね？　自分が彼から恋をされていないっていうことの。不倫だから、いろんなことが不自由だっただけで、出会うのが遅すぎただけで、気持ちは普通の恋人と変わらないはず、って思っているよね。彼は私のことを好きなはずだって、期待しているよね？」

「……はい」

「そんな英恵ちゃんが、その期待を断ち切るために今やれることとしては」
「…………」

「ミッションその① 『話がある』って連絡をすること。

あのさ、ここ3週間の彼とのやりとりの記録が残っていたら、見せてもらってもいい？」

もはや思考回路がショートしている英恵は、言われるがままに洋司とのLINEのトーク履歴を開いてハナコに渡す。

「やっぱり。この3週間の間に英恵ちゃんが送っている内容って、彼からしたら、かわそうと思えばかわせるものしかないから、彼としてはフェードアウトしやすい。『美味しいお店見つけたよ』とか『今週、時間があったら会いたいな』とか送っても、こういうのじゃ、不倫男の気持ちは浮き彫りにならないよ。フェードアウトされちゃうと、英恵ちゃんは期待を捨てきれなくて諦めがつかないから、ここは不倫男の気持ちをはっきり確認したいところ」

「不倫男……」

「話があるって連絡がきたら、好きな気持ちがあれば応じるよ。大切に思っていたら、さすがにそれはスルーできない。

逆に、その話を聞く気自体がなさそうだったら、もう完全にアウトだよね。ふたりがセックスをしていた以上、いろんな可能性があるわけだし。

話があるって言われてスルーをしたら、彼は英恵ちゃんに対して、誠意のカケラもないよ」

「そうですね……」

「ミッションその②『生理が来ない』と相談すること」

「！」

「これは最終手段だから普段はオススメしていないけど。彼、わりとあからさまにフェードアウトしているから、この時点で諦めがつく人のほうが多いんだよね。

でも、英恵ちゃんは期待を捨てられていない。

であれば、彼の気持ちを確実に知る必要があるから、そのための提案ね。もし彼が話を聞く場をつくってくれたら、生理が来ないって相談をしてみて」

「嘘をつくんですか……？」

「子どもができたって言ったら、それは完全に嘘だけど、女の人にとって生理不順なんてよくあることだし、むしろ1年間も付き合ってきた大好きな恋人にフェードアウトされたら、ストレスでホルモンバランスが乱れて生理遅れるよ、私なら。失恋って大変なことなんだから。よって、セーフ」

「セーフですか……！」

「うん。子どもができた、って言って、やっぱできてなかった、っていうと信用問題に関わるけど、生理だったらすぐに『あ、今、来た！』って情報をいつでも更新できるから大丈夫だよ。ホッとしたら生理がくる、これもまた女体の定番」

「でも、もし、この3週間は本当に忙しかっただけで、彼は別にフェードアウトとかしてなくて、会ったら別にいつも通りの彼で、エッチする流れになって、その日生理だったら？　嘘がバレて嫌われちゃう」

「たった今きた、ってことにもできるし、万全を期したいならピルでずらしておけばいいんじゃない？　旅行の時とか生理ずらしたい人が産婦人科でもらうピル、あれを使えばいいんだよ」

「なるほど……！」

「うん。だから、まず今日中にミッション①に取り組んでみてね」

「今日ですか……！」

「うん、今日がいいと思うよ」

「ちょっと勇気が……」

「明日とか来週まで寝かせたら、勇気がわいてくるの？」

「いや……それは……」

「じゃあ何のために先送りにするの？　何待ち？」

「何も待っていませんね……何も変わりません……」

「じゃあ、今日にしよう」

「はい……！」

「きっと、この2つのミッションをこなした先には、今とは違う気持ちになっている英恵ちゃんがいると思うよ。そのことがすごく大事なの。

同じことでグルグル悩んでしまう時は、事実確認をするといいよ。そうすると悩みの質が変わる。悩みの質が変われば解決策もまた変わってくる。

悩んだ時はね、行き止まりにならないことが大事なの。行き止まりにさえならなければ、必ずその悩みから解放される時がくるよ。悩む角度を変えれば、作戦は無限に立てられるからね。

今回は、もしかしたら最初の連絡の時点で結論が出るかもしれない。

まずは彼の、英恵ちゃんへの気持ちを確認して、その時の英恵ちゃんの気持ち次第で、次の作戦を立てよう」

❖

帰りの電車で腕時計を見ると20時だった。たった1時間。英恵がハナコと話していた時間は、たった1時間だった。それなのに、グルグル悩んでいた3週間より、何というか……次元の違う濃い時間だった。洋司と過ごした1年間よりも中身の詰まった1時間だった、そんな風に思った。

❖

22時15分。助手の佐藤はカウンセリングルームをノックした。

その日の最後の相談者をハナコが送り出してから15分後、カルテなどをまとめ終えるであろう頃合いを見計らって佐藤はカウンセリングルームをノックする。

「先生、今日のカウンセリングはこれで終了ですね。チョコレート召し上がります？　常温にしておきましたけど」

「さすがー！　食べる！」

「今日はカウンセリング時間が少し長かったですからね。燃料切れかなと思って。飲み物は、お白湯《さゆ》でいいですか？」

「うん、ありがとう」

チョコレートを食べる時、チョコレートは常温に戻しておく。それが一番甘く感じるからだ。さらに口の中の温度を高くしておくことで最も濃厚にとろける。同じチョコレートでも、冷蔵庫に入れていたものを水と一緒に食べるのとでは、まるで別物になる。だから脳を溶かすような甘さを求めるハナコは、いつも決まって常温で、白湯と共に味わう。

「今日さー、6人中4人が不倫の相談だったよ」

「多いですね。同じ話をたくさんしてお疲れになったんじゃありませんか？」

「同じ話なんてしてないよー。不倫の解決法は、不倫の数だけあるもん」

「あ、そうでしたね。愚問でした」

「何をゴールとするかは、恋の数だけあるからね」


人生に正解はない。

どうすれば幸せになれるのか？

その答えは、人の数だけバリエーションがある。

その人のそれが何なのかを見極めて、そこに向かう道筋を見つけてあげること。わかりやすいプランにして、具体的なミッションを渡すこと。

それが私の仕事だ。

❖

5日後。いつも通り午後の3時に出勤した。

「先生、おはようございます」

「おはよー。今日は予約何件きてるー？」

「5件きましたので、受付を締め切っております。ちなみに5件目は先日の鈴木様で、予約メールにメッセージがついていましたので、先ほど先生に転送しました」

「ありがとう、見るー」

Fwd：カウンセリング予約
20時〜60分でお願いします。
p.s.
ハナコさんへ
おかげ様で、彼の本音がよくわかり、自分の自惚れにも気がつくことができました！　彼とはあのあとすぐ別れました。
33歳になる前に、この人の子どもを産みたいと思える男性に出会いたいので、今日はその作戦会議をお願いします！

英恵ちゃん、ミッションコンプリート。
悩みのスライドに成功。
幸せになりたがることから幸せははじまる。
未来は、いつだって、今日ここからする言動次第だ。

ケース6

自信がない男

「こんにちは、王生際ハナコです」

そう言って現れたのがあまりに綺麗な人だったため、賢一《けんいち》は呆気にとられていた。てっきり地味な女が現れるものかと思っていた。

この日、賢一が「王生際ハナコ作戦会議室」に訪れることになった発端は、理沙子《りさこ》だった。理沙子は、賢一が気に入ってよく指名している風俗嬢だ。

自分は、物心ついた頃から一軍として生きてきた、と思う。スクールカーストでは常に上位にいたし、恋愛で苦労したこともない。付き合いたいと思う女子とはいつも付き合えたし、決して女に困っているわけではないのだが、賢一は風俗を定期的に利用している。好きなのだ。お金を払っている、という大前提があることの解放感というか、風俗嬢との関係性が心地よかった。

普通の女は何もかもが男任せで、風俗嬢とするそれと比べるとずっと面倒くさい。食事デートや、そういう気分にさせる会話、恋をしているそぶり（その演出としての小まめな連絡 etc.）など、性行為への伏線を何ひとつとして用意する必要がないところもすがすがしい。

「賢ちゃん、何か悩んでるの〜？」

そう理沙子に言われたのは、先週のことで、いつものホテルで楽しんだ後、終了時刻も近づいて帰り支度をしていた時だった。

「え、なんで？」

「んー、なんとなく？　触り方が、なんだかちょっと手荒だったから？（笑）」

「え、ごめん！　痛かった？」

「あ、ううん、全然そういうことではないんだけど！　なんかちょっといつもと違うなーって！」

「あー……うん、ちょっと悩んでるのかも。悩んでるっていうか、なんかモヤモヤしていて。何があったってわけじゃないんだけど。いつものことなんだけど」

「そうなんだ。あ、そうだ！」

そう言うと理沙子はポーチの中から1枚のカードをとり出し、それを賢一に差し出した。

「ここに行ってみれば？　どんな悩みでも解決してくれるよ」

❖

そして今、賢一の目の前には、王生際ハナコがいる。女が紹介してくる女はその女以下の女だ、と思って生きてきたが、そうじゃないパターンもあるらしい。何度も指名しているくらいなので理沙子のことはそもそも気に入っているのだが、改めて、あいついいヤツだなと感心する。

気がつくと、ハナコがじっとこちらを見ていた。そのことで、ハナコの自己紹介を無視してしまっていたことに気づく。

「あ、小野寺《おのでら》です、小野寺賢一です。よろしくお願いします」

するとハナコはニッコリと微笑み、持っていたノートを開いて、ピンクのボールペンと共にこちらに差し出してきた。

「お名前書いてもらっていい？」

言われた通りに名前を書いて戻す。

「賢一くんね！　今、何歳？」

「24です。今年25になります」

「そうなんだー」

ハナコはあいづちを打ちながら、賢一が書いた名前の横にその情報を書きこんでいく。そして「最初に大切なことを伝えておくね」と前置きをするとペンを置いて、まっすぐに賢一の目を見た。

すげー可愛い……歴代の彼女たちの可愛いところを全部寄せ集めてもまったく太刀打ちできない可愛さだ、と思いながら、ハナコに合わせてとりあえず真剣な顔をつくる。

「私は占い師ではないので未来の予言をする係ではありませんし、心理カウンセラーでもないので心の治療もいたしません。私の仕事は、お悩みを解決することです。一緒に、あなたの人生の問題解決をします。具体的に言うと、あなたが欲しい未来を手に入れるための作戦を、一緒に考えるというわけです」

そうだ、俺は悩んでいるんだった。すっかりハナコの可愛さに気をとられていた。

「そのことのために、今日から取り組めるミッションを決めて、あなたの人生を動かしていきましょう」

はっきり言ってなんだかよくわからない。でも、ミッションという言葉の響きは好きだ。ゲームみたいで男子心をくすぐられる。

「で、今日はどうしたの？　何か悩みがあるの？」

「あ、はい。そうなんです、そうでした！」

他のことに気をとられていたことを暴露するような言い方になってしまった。ハナコの可愛さに気をとられていたとはバレていないと思うが。ハナコがクスッと笑ったので、賢一はキュンとした。

「なになに？　どんな感じ？」

「えーと……どう言えばいいんだろう……とりあえずモヤモヤしてるんですけど、つかみどころがない悩みで説明が難しい……」

「そうなの？　恋愛系？　仕事系？　それ以外？」

「あ、仕事です。仕事のことでモヤモヤしてます」

「そうなんだ、いつからモヤモヤしているの？」

「うーん……とくにここ最近モヤモヤが強くなってきたんですけど、いつからって考えると、就職してすぐの頃からずっとモヤモヤしているような気がする……」

「ほうほう。お仕事は何をしているの？」

「サラリーマンです。旅行会社でツアープランニングの仕事をしてます」

「いつ就職したの？」

「大学卒業して新卒で入ったので、今年で3年目です」

「そっかそっか。じゃあ、今からそのモヤモヤの正体が何なのかを突き止めるための質問をしていくね」

　そう言うとハナコはイエスとノーで答えられるくらい簡単な質問を次から次へと重ね

てきた。

　ワケがわからないまま答えはじめた賢一だったが、4問目を過ぎたあたりで、だんだんとモヤモヤが具体化されていくような感覚を覚えた。そして5分もしないうちに、その正体に気づいた。

「ハナコさん！　わかりました！　俺の悩みが何なのか！」

「お！　いいね！　なになに、教えて」

「俺、自信が欲しいんです。どうすれば自信を持てるんですかね？」

「今は自信がなくて、そのことで困っているってこと？　具体的にどう困っているの？」

「プライベートでは思ったことがないから、仕事に関して、なんですけど。就職して今年で3年目だけど、仕事が全然うまくいってなくて」

「どんな風にうまくいっていないの？」

「会社で自分の意見が言えないんです。会議も苦手だし、上司に言われたことが違うような気がすることがよくあるけど、いつも何も言えない。伸び悩んでいる原因を考えていくと、それのせいかなって思うんですけど」

「そうなんだ。自信があったら、どうなると思う？」

「自信があれば、会議でもどんどん自分の意見を言えて、もっと俺のやり方を押し通せるようになると思う。自信があれば、上司の言うことに『それは違う』と思った時に、そう言えるだろうし、そうすればこの悪循環から抜け出せるんじゃないかなって。

　そう思っているのに、今の俺は自信がないから、いざ上司を前にすると強く出られない。ちょっと何かを言われるとすぐに怯《ひる》んじゃって、結局いつも何も言えない。自信がないせいで、ほんとダメだなって」

「なるほど。一度も言えたことない？」

「入社して1年くらいたった頃に、すごくがんばって言ってみたことはあります。でも、やっぱり自信がないから全然ダメっていうか。自信がなさそうなヤツの意見なんか信用されるわけもないし、採用されないんですよ。俺の自信のなさは伝わってしまっただろうし、そのせいで説得力に欠けてしまったんだと思います」

　自信は大事だ。人は自信のある人に魅力を感じる。賢一はそれを、過去の恋愛を通して学んできた。俺がいつだって狙った女の子を落とせたのは、俺に自信があったからだろう。

　それに学生生活を振り返ってもそうだ。スクールカーストで上位に位置する人たちは誰もが自分に自信を持っていたし、二軍や三軍になってしまうヤツらはみんな自信がなさそうだった。

賢一はいつもそういう人たちを眺めながら「そんなんだからお前らは一軍に入れないんだよ？」と思っていた。

「人から愛されたいなら、まずは自分自身が自分を好きになること」これは一般論であり、常識だ。まったく異論はない。現に俺はそのおかげで常に一軍だった。

自信を持つことの大切さは道徳の授業でも教わったし、学生時代に読んだ自己啓発の類いの本にも必ずと言っていいほど書いてあった。人が他人を審査する時、本人が持つ自信の度合いは重要な判断材料なのだ。

自信がなさそうなヤツには誰もついてこない。

思えば、学生時代は後輩たちからも慕われていたのに、会社に入ってからはまったくだ。後から入ってきた後輩たちの誰からも慕われていない。それどころか「僕はこう思いますけど」と意見されている。俺と違って自信のありそうなヤツに。そして俺はそんな後輩にさえ何も言い返せずにいる。

会社に入ってから、女関係以外は何もかもがうまくいかなくなった。それもこれも、入社早々、上司に自分の意見を否定されたからだと思う。俺がどんなに「こうしたほうがいいと思います」と意見しても、「新人のくせに生意気」というような顔をされるだけで、聞き入れてもらえなかった。会議で企画を出してもほとんど採用されなくて、次第に俺は上司の前や会議で強く発言できなくなった。そして気づいたら、冴えないヤツ扱いされるようになっていた。

小中高そして大学時代と順調だった俺の人生は就職して一変した。こんな展開は予想外だった。どうしてうまくいかなくなった？　何が変わった？　そう考えたら、あの頃の俺にあって今の俺にないものは自信だと思った。

ハナコと話しているうちにハッキリと自覚した。そうだ、俺は今、自信が欲しいんだ。

「俺、自信が欲しいんです！　どうすれば自信って持てますか？」

「自信は、いらないよ」

「え？」

「自信なんかあったって何の役にも立たないよ」

「え？」

「必要なのは自信じゃなくて実績だよ」

自信はいらない??

……実績……？

「仮に、今の賢一くんに自信をカスタムしたとして、周囲の対応は一切変わらないよ。会議で発言しても、それは採用されないし、上司に強く言えたとしても、それは通用しない。むしろ反感を買うだけ」

そう……なんだろうか……？

何だか頭がクラクラする。

「上司に意見をしたり、会議でアイディアを採用されたり、自分のやり方を押し通したり、そのために必要なのは、自信じゃなくて実績だよ。『自信あります！』って言ったところで、それって会社からしたらイケる根拠にはならないよ。自信だけじゃ企画は通らないし、判子も押してもらえない」

「え……そんな……」

「逆に自信なんか一切なくても、実績があれば、企画は採用されるし意見は通用するようになる」

「そう……なんですか……？　え……でも、自信は大事だって一般的に言いますよね？　俺自身、人生が順調だった学生時代を振り返ってみて、それは正しいと思っているんですけど……」

「学生生活とビジネスマン生活はまったく別物だよ。というか、私生活全般とビジネスマンとしての生活は、と言えるかな。仕事って特殊なの」

「どうして、仕事だけは別なんですか？」

「仕事はお金がすべてだから」

「……！」

「みんな、お金を得るために、その場所に集まっている。賢一くんだって、お金がもらえないなら仕事しないでしょ？　ボランティアで会社には行かないよね」

「行かないです」

「働くということは、お金を生み出すこと。だから会社では、とにかくそこが肝心になってくる。働く場所である会社というフィールドにおいて、他人からの評価は、利益を出した実績がすべてだよ。

会社って、みんなでチーム一丸となってお金を稼ぎ出して、それを山分けする組織なわけじゃない？　取り分は違えど、社員みんなで1つの通帳にお金を貯めて、それを分け合う仕組みだよね。

だから、お金を生み出していないヤツが社内にいると、それでもその人には取り分があるわけで、ちゃんとお金を運んできている人からしたらウザいよね。なんでコイツ、頭数に入ってるんだよって思うよね。

だから会社という世界では、会社の儲けにつながる数字をあげていかないとまずくて、それができていないと周囲からは邪険に扱われるよ。いなくなればいいのにって思われているわけだから。

自信なんかどうでもいいの。利益を生み出した実績だけに、会社の人たちは価値を見るんだよ」

ぐうの音も出なかった。

たしかに、みんなで宝探しをして最後に山分けをする企画があったとして、何も見つけてこなかったヤツがいたら、何だこいつと思う。山分けするって話なんだから何がなんでも見つけてこいよ、それが誠意だろ、がんばって宝を手に入れてきた他の仲間に失礼だろ、という話だ。もしくは力不足なら空気を読んで途中で帰っておけよ、と。何も持ち帰らなかったくせに平気な顔をして山分けに参加していたら、俺はそいつに「ウザキャラ」のレッテルを貼る。

「そもそも賢一くんは、自分の何に対して自信を持とうと考えているの？」

何に対して？

考えたこともなかった。

「自信を持つのに値するようなもの、たとえば資格やスキルとかが、あるの？」

「いや……」

「自信を持っちゃいけないわけじゃないけど、自信に見合う実力は必須だよ。何か、ある？」

「実力……『こういう力がある』と人に説明できるようなものはないです……」

「じゃあ、自信持っちゃダメでしょ！　何に対しての自信なのそれ（笑）」

ハナコが笑ったので、賢一もつられて笑った。ほんと、その通りだ。

さきほどからハナコの発言に対して「身も蓋もないことを」とは思うが、不思議と傷つかない。それに嫌でもない。

「実力がないのに自信だけ持たれても周りが困るからね！　さすがに、おこがましいよ！（笑）」

「たしかに、そうですね（笑）」

「うん、そうだよ。とってつけたような根拠のない自信は周りをモヤッとさせるだけだから、むしろ持つと迷惑だよ」

「客観的に考えると、本当そうですね。ウザキャラになるとこだった……あぶねぇ……」

「セーフだったね（笑）。私と賢一くんが出会うのが遅くならずに、間に合ってよかったよ（笑）」

「ほんとに（笑）」

なんだか和やかな気持ちになっていると、ハナコが打って変わって真剣な顔になり、それからゆっくりと口を開いた。

「賢一くんはさ、何を根拠に『俺の考えは上司より正しい！』『俺の考えた企画はイケる！』って思っているの？」

………。

何も言葉が出てこなかった。

「社会ではね、正解がひとつじゃないことってたくさんあるよ。というか、ほとんどのことは答えをひとつに絞れない。そういう考え方もあるねって、そのほうが助かる人もいるねって、そのほうが都合がいい立場もあるよねって、どれも間違いではなかったりする。

でも、会社は違う。だって会社は、誰かの持ち物だから。

トップに立つ人の決めた答えがある。方針がある。ルールがある。目指すビジョンがあって、そこに向かうための正解がある」

会社は、社会とは違う……。

「だから会社の中では、会社からの評価がより高い人の言うことが正解になる。

上司っていうのは、会社から上に立つことを選ばれた人だよね。会社から『あなたは優れている』と認定された人が、役職を与えられたり、出世をしているわけで。自分が優れた人材だってことを証明できた実績があるからこそ、上司のポジションにいる。

だから賢一くんが上司に意見をしたいのならば、まずその人を抜く必要があるよ。

誰だって、会社という組織の中でやっていくにあたって、自分より低い評価を受けている人の意見を参考にするわけにはいかないし」

「上司を抜く……どうやって……」

「実績の量で上回って、会社からより高い評価を受けること」

「出世ですか」

「出世は少し時間差でついてくるものだから、役職的にすぐに抜くのは難しいよね。だから、とり急ぎは成績で抜くこと。これは実力次第では、すぐにかなえられることだよね」

「ほんとに実力次第ですね……実力必須……！」

「うん、そうだね。ハッタリじゃ抜けないからね」

「努力あるのみですね……」

「行動あるのみだね。

会社で自分の意見を通すために必要なのは、自信じゃなくて会社からの信頼だよ。そして会社からの信頼は実績に対してしか生まれないよ」

会社からの信頼。今の俺がこれっぽっちも持っていないものだ。

「賢一くんが実績をつくらない限り、会社の人たちは誰も賢一くんの意見を参考にできないよ。だってね」

ハナコがそこで言葉を止めたので、賢一は次に来る言葉への集中力が上がった。

だって、なんだろう？

「みんな自信がないから」

すぐには言葉の意味がわからなかった。それでポカンとしていると、ハナコはさらに続けた。

「私ね、才能とかセンスとか魅力って幽霊みたいなものだと思うの」

「幽霊……？」

「うん。つまり、見える派と見えない派がいる。幽霊って、仮に自分にはハッキリ見えていたとしても、『いる！』と言い切ることが難しいよね。

とくに見えない派が多数の場所では、自分には見えていること自体、言いづらかったりもする。見えない派の人に向かってどれだけ言葉を尽くしたところで、わかってもらえないからね。

で、『いるはずない』って意見に囲まれて生きていくうちに、『見間違いかも』『そもそも本当に見えたんだっけ？』って気持ちにもなってくる。

会社の中には、上司よりも賢一くんの意見のほうがいいんじゃないかと思っている人もいるかもしれないし、賢一くんのアイディアをおもしろいと感じている人もいるかもしれない。

でもね、みんな、その自分の感覚を信用しきれないの。自分がそう感じたっていう根拠だけでは弱すぎて、そんな感覚だけで『あいつはイケる！』と言いきれるほど、多くの人は自分に自信がないの」

かつて、会議で渾身の企画をあげた時、反応は悪くなかった気がしたのに、結局は採用されなかったことを思い出した。悔しくて、こいつら目が節穴なんじゃないか、と思った。こんなセンスがないヤツしかいない会社で、がんばるだけムダなんじゃないかと途方に暮れたりもした。

「参考にしたくても、採用したくても、提案者に何の実績もない場合、それを信じてみることには勇気がいる。多くの人はそんな勇気を持っていないよ。実績がない相手の意見を支持しようと思ったら、まずその本人に、かなりの自信が必要なんだよ」

みんな自信がない……。

係長も課長も部長も、みんな自信がない……？

いつも上から物を言う彼らだから、そんな可能性があることを考えたことがなかった。

「実績は『実力があります』という証明書になるの。みんな自分の判断には自信がないから、証明書がついている人材が好きなの。

才能とかセンスとか魅力みたいな実体のないものを推せるほど、みんな強くないの。だから、さっさと証明書をつくって、会社の人たちをサクッと安心させてあげようよ。信頼されたら働きやすくなるよ」

「はい……！」

「ということで、ミッションの話をします！」

「あ、はい、ミッション！」


「ミッションその①　数字の実績をつくること」


「数字の実績……！」

「とにかく実績をつくることにこだわろう。数字の実績は、会議室の全員にちゃんと見える。見える派見えない派に分かれない。

賢一くんに実力があることを、〝みんなに読める資料〟にしよう。それができないとないのと一緒なの。だから、成績をあげよう。

賢一くん、そこに対して、本気を出してなかったでしょ？」

「……！」

「ふて腐れていたでしょ？（笑）」

核心をつかれた気がした。そうだ、俺はずっとふて腐れていた。自分のことを信じてくれない会社や上司に対して不信感が募り、「こんなわからず屋しかいない会社じゃ、がんばっても、どうせ報われない」そう思っていた。

「実績があればね、あえて自分から物申さなくても『おまえはどう思う？』って訊いてもらえるようになるよ。オドオドで会議に参加しても、提案したことが採用されるようになる」

それからハナコは「で、賢一くんの会社では、何を達成すると実績としてカウントされるの？」からはじまって、「ツアープランニングの仕事って具体的にどんなことしているの？」「最近どんなツアーを計画したの？」などと大量の質問をしてきた。

そうして、あっという間に「そしたら明日からまずこの動きをして、今週中にこれを達成することを目指そう」と言い、俺専用の就業計画を立ててくれたのだった。

明日出勤するのが楽しみ、かも。

作戦会議室のあるマンションのエントランスを抜けながら、そう思っている自分に気がついて、驚いた。

そして賢一は、そもそも自分が、目標を決めて行動をするのが好きなタイプだったことを思い出した。好きな女子ができた時、いつもこんな気持ちだった。

❖

3カ月後。

賢一は会議で堂々と発言していた。賢一が企画したツアーが立て続けにヒットし、上司から「君の意見を聞かせてほしい」と言われることが多くなったのだ。同僚や後輩たちの賢一を見る目も明らかに変わり、賢一は、ハナコの「信頼されたら働きやすくなるよ」という言葉を実感していた。

会議が終わり部屋を出ると、同じ部署の後輩の大橋《おおはし》に声をかけられた。

「小野寺さん、すみません、今ちょっといいですか？」

「いいよ、どうしたの？」

「自分の企画したツアーがなかなか売れなくて……。こう言っちゃなんですけど、それまでの小野寺さんのツアーってあんまり売れてなかったのに、最近、急に売れはじめましたよね？　なんでですか？」

賢一は、後輩の率直な物言いに苦笑いしながら、あの日のハナコとの会話を思い出していた。

❖

「で、賢一くんの会社では、何を達成すると実績としてカウントされるの？」

「自分が企画したツアーが売れれば売れるほど実績になります」

「なるほどね、最近だとどんなツアーをプランニングしたの？」

「北海道のツアーなんですけど、まだ誰にも知られていないような洞窟をめぐるというのがメインのツアーです。

こうやって言うと自慢みたいであれなんですけど、俺、子どもの頃から全国各地を旅行していて、旅行玄人なんです。だから、みんながまだ知らないような場所や珍しい料理を出してくれる店を知っていて。その知識を生かして、俺みたいにこだわりが強い人にも満足してもらえるようなプランをつくりたくて」

　するとハナコは、「それだ！」と大きくうなずいた。

「ツアーに申しこむ人っていうのは、基本的にツアーの内容や食事にこだわらない人だよ」

「え??」

「だって賢一くん、ツアーを使って旅行したことある？」

「！」

「賢一くんのようなこだわりが強い人って、飛行機とホテルだけとって、あとは自分で行きたい場所や食べたいものを決めて自由に行動していない？」

「……はい」

「そうだよね。ということは、『俺みたいな人でも満足するプラン』を考えるのではなく、ツアーを使って旅行しているのがどんな人たちなのかを、まず把握したほうがいい」

「なるほど……たしかにそうですね……！」

「行く場所や食べるものが決まっているツアーを申しこむ人って、全然こだわりがなくて、単に『旅行した！』ということで満足できるタイプの人だと思うよ。そういう人たちは、ザ・観光地！　とかザ・名産物！　っていう、わかりやすいものが好きなんじゃないかな。

北海道でいえば、旭山動物園に行ってラベンダー畑を見て、ジンギスカンや海鮮を食べられれば満足。食べ物はそれっぽさがあればよくて、そんなに質は気にしていないだろうし、そもそも食べ比べていないからよくわからないだろうしね。そうなるとお得な値段であればあるほど喜ぶ」

賢一は目からウロコが落ちる思いだった。自分の強みは、みんながまだ知らないような穴場スポットを提案できることだと思っていたのに、それがまさか裏目に出ているとは。

「賢一くんが企画した旅のツアーがこれまであまり売れていないのは、そのツアーの内容が、お客さんのニーズに合っていないからだよね。

そしてそうなってしまっていた原因は、どんな人がお客さんなのかを把握できていなかったこと。

だからまずは、どんな人がお客さんなのかをリサーチしよう。どこへ行けばそれができると思う？」

そうしてハナコは、さらにいくつかの質問を重ねて、「今日からできる」リサーチするためのプランを立ててくれた。

「それから、お客さんのニーズが何なのかも具体的に把握したいよね！　お客様アンケートとかは、あるの？」

「あ、はい！　一応、ツアー参加者のアンケートには目を通しているんですけど、〝楽しかった〟とか〝料理が美味しかった〟とか、〝スケジュールがギュウギュウで疲れた〟とかで、そこまでプランニングの参考にならないというか……」

「そしたら、直接お客さんにツアーを紹介して売っている部署の人に話を聞いてみるのはどう？　窓口で働いている人目線での『売りやすいプラン』って、ありそうじゃない？　どういうのが説明しやすいのか、どういうのがお客さんの食いつきがいいのか、聞いてみる」

「なるほど……！　別部署だから普段あんまり関わりなくて、交流を持ってなかったけど、明日、話しかけてみようかな……」

「あとは、自分が客を装って、別の旅行会社に行ってみるという手もあるよね。ツアーというものが、窓口でどんな風に説明されているものなのかがわかれば、どんなプランが魅力的に思われやすいのかとか、推されやすいのかとか、見えてくるんじゃないかな？」

「……たしかに！」

このようにして、実績をつくるために「今日から早速できること」「明日、できること」「週末を利用してやってみたほうがいいこと」が具体化されていき、賢一の就業計画が完成した。

そして2カ月後、その行動が実を結んだのだった。

❖

賢一は思う。もしも、ハナコに出会っていなかったら、俺はずっとうまくいかないことを「自信がない」せいにして、自分の言動を見直すことをしなかった。自信なんか、結果にも評価にも、少しも関係していなかったのに。

俺の未来は、いつだって、今日ここからする言動次第だ。

ケース7

セックスレスの女

この日、優奈《ゆうな》は大学時代からの親友たちと毎月恒例の女子会をしていた。

「で、優奈は？　彼とはどうなの？　相変わらずラブラブな感じ？」

店について早々に、メニューも見ずに「私はヒューガルデン」とオーダーをし、「聞いてよ、あれからさー」と話しはじめ、かれこれ1時間近く今さっきまで自分の話をしていた実花《みか》が、そう言って優奈にバトンを渡した。この1カ月の間に自分の身に起きた出来事の報告をし終えた実花は、すっかりスッキリした顔をして、手元で栗の香りがするシャルドネの白ワインを揺らしている。これは実花が、落ちついてゆっくり飲むモードに入った時に選ぶお酒だ。

「付き合って、もう3カ月くらいたった？　なんだっけ、情熱的な彼、そうだ、森《もり》さんだ！　3カ月だとー、ラブラブ真っ盛り？」

レモンとピーチが浮かんだ透明のサングリアを舐めながら、同じ意味の質問を加奈《かな》が重ねる。これらはすべていつもの流れだ。

優奈はふたりの顔を交互に見てから、チェリーの香りがする重めの赤ワインを一口飲むと、ため息をついてから話しはじめた。

「うーん……いや、それがさぁ……」

「あれ？　どうした？　雲行き怪しい感じ？」

「え、もう？　なに、ケンカ？」

「いや、とくにケンカとかはしていないし、彼は相変わらず優しいし、基本的にはうまくいっているんだと思うんだけど……」

「けど？」

「最近、抱かれないの」

「え？」

「まじ？　セックスレスってこと？」

「……やっぱり、そうなるよね。うわ――、正直、今日まであんまり向き合わないようにしてきたんだけど、真正面からセックスレスって認めなきゃいけない日が来た――やだーキツイ、ちょっと待って。いったんこれ飲ませて」

そう言って優奈は、本来はゆっくりと舐めるように飲むべきである赤い液体を、グビグビと飲み下した。認めたくない現実だった。

この1カ月、優奈は「そんなことないよね？」「今日はたまたま疲れていただけだよね？」と自分自身を騙し騙しやり過ごすような日々を送っていて、真正面からは一度も向き合っていなかったので、ふたりに話すこと、そして現実をハッキリと自覚することは、勇気がいることだった。

「待つ。いくらでも待つわ」

「うん。優奈、次何飲む？」

「あ～ダメだ、落ちこんでるからグビグビ飲んじゃう。いったんチェイサー挟む。ビールで」

「ラジャ。ハートランド？」

「さすが。そう」

加奈が頼んでくれた、（今日の優奈にとっては）チェイサー代わりの軽めのビールを一気に飲み干すと、優奈は口を開いた。

「この前、加奈と実花に会った時くらいまではね、順調だったの」

「うん」

「優奈、森さんのことはセックスがいい男として語っていたもんね。情熱的なのって」

「『可愛いね』『セクシーだよ』って言葉をたくさんかけてくれるところがいいって言っていたよね。優奈の話を聞いていて、日本人にもそんなこと言う男がいるんだなぁって思ったもん、私」

「外国人寄りなんじゃない？　帰国子女って言っていたでしょ優奈」

「あ、そうか。で、それで？」

「うん……でもね、ちょうど前回の女子会のあたりから、なんかいつもと違うな、とは思っていて」

「ほう」

「会ったら必ず抱かれていたのが、3回に1回くらいになって。抱き方も、差しせまってしたくなって、というよりも、泊まる時にだけ、さすがに一緒に寝るのに手を出さないのはアレかなぁ的に、義務で抱いている感じがするというか……」

「あー……なんかわかる」

「前はね、今まさに抱きたくなった感があったの。だから昼間にソファーでとか、一緒にシャワーを浴びている時にそこでとか、なんかそういう予定調和ではないセックスも多かった。『興奮してきちゃった、していい？』みたいな。でも最近の彼はそういう感じじゃない。興奮しているようには見えないし、そろそろ抱いておかないとまずそうだなっていう頻度で申し訳程度に手を出してくれている感じ。お情けみたい……」

「やだ、なんか胸が苦しくなってきた。あ、ごめん、続けて」

「それでも最初の2週間は3回会ったら1回は抱いてくれていたの。抱かれない日が出てきたことはショックだったけど、今日は疲れているのかな？　とか、お泊まりじゃないし布団に行くタイミングがなかったからかな？　とか考えて、折り合いつけていた。

でも……」

「でも……？」

「この２週間は、泊まっても手を出されないことが増えてきた」

「……まじか」

「でも、定期的に会ってはいるんだね？　週に何日くらい会っているの？」

「うん、会えていることは会えている。けっこう会っているよ。週４日くらいは、なんだかんだで会っている」

「そかそか。じゃあ、好きそうではあるんだね」

「うん、愛されている感じはするんだけど……でもなんだろう、はじめの頃の恋い焦がれて、抱きたくて抱きたくて感はなくなっている……」

「そう……か……」

「心当たりは何かないの？　１カ月前に、何かしちゃったとか？」

「うーん……」

「抱かれるために何か行動に出たりはしたの？」

「行動って？」

「……なんかいつもよりセクシーな下着をつけて誘うとか」

「……した」

「どうだった？」

「抱かれなかった。『可愛い下着だね』って言ってから、優しくキスされて『おやすみ』って」

「絶望的だね」

「言わないで！」

「あ、ごめん、つい」

「心当たりと言えばね、私って、セックスがうまいほうではないと思うの」

「そうなの？（笑）」

「ほら、根が真面目だし。エロいかエロくないかでいったら、エロくないほうの女だと思うしね。セックスもされるがままなことが多くて、だから飽きちゃったのかなって思って」

「ほうほう」

「私がマグロだったからダメだったのかなって思って、3回に1回になってきた頃にね、積極的に動いてみたりしたの。自分から上に乗って、腰を振ってみたり」

「お、いいんじゃない？」

「うん、彼の反応は？」

「とくに。嫌がってはなかったけど、抱かれる頻度は上がらなかった」

「そうか……」

「あとはね、自分から彼の物を求めて、舐めてみたりもしたの。そういうことも、今まではリクエストをされたらしていたけど、自分から積極的にしてはなかったから。やる気がなく見えたのかなって思って」

「おお。いいんじゃない？」

「うんうん、彼の反応は？」

「やり方も、今までのだと物足りなかったかなって思って、ネットでいろいろと調べて、テクニックを仕込んでから臨んだんだけど」

「さすが真面目だね」

「うん、優奈らしい。大学時代、課題と向き合っていた姿を思い出すわ」

「うん。でもね、ダメだった」

「え？」

「ダメっていうか、別にって感じ。それによっていつもより興奮させられた実感はなかったし、彼の義務的に私を抱く様子は変わらなかった」

「そう……なんだ……」

「何がいけないんだろ――――、だってまだ3カ月だよ？　飽きるには早くない？　そんな早く飽きってくるものなのかな？」

「うーん、まあでも、３カ月ってそういう時期とは聞くよね……」

「たしかに。倦怠期になりやすいひとつ目のポイントの時期とは一般的に言うね」

「それかもね？」

「え――？　やだー……」

「まあ、やだろうけど……」

「何がいけなかったんだろう？」

「いやー……優奈は、何もいけなくなかったと思うよ？　ねえ、加奈？」

「うん、優奈の行動がどうっていうより、男ってそういう生き物なんじゃない？　カップルのセックスってそういうものなんじゃない？」

「えー……じゃあ、もうずっとこのままなの？　ふたりだったら、どうする？　大好きな彼とこうなったらどうする？」

「う～ん」

「『抱いて』って言ってみるとか」

「ああ。たしかに。『どうして最近、抱いてくれないの？』って訊いてみるとか」

「私だったら『好きじゃなくなったの？』って言って泣くかも」

「あーたしかに。セックスレスってそういう感じするもんね。もう恋していないの？　って」

「優奈、彼と話し合ってみれば？」

「うん、そうだね。素直に気持ちを伝えてみたらどうかな？　本当にいつもより疲れているだけかもしれないし。だとしたら、なんで疲れているのか教えてくれるんじゃない？」

「そうそう、そうしなよ」

「話し合いか……やっぱもうそれしかないかぁ」

「うん。健闘を祈る」

「きっと大丈夫だよ。話し合えば解決できるよ。またどうなったか教えてね」

❖

店を出てふたりと別れた後、優奈はカフェに寄って酔い醒ましをしていた。今日はついつい飲みすぎてしまった。このままで電車に乗ると寝過ごしてしまいそうだ。

やはりもう彼とは、話し合うしかないのか……。

実花や加奈に言われたことを思い返しながら、憂鬱な気分になり、突っ伏していると、ウェイトレスに声をかけられた。

「コーヒーのおかわりはいかがですか？」

それで顔をあげた。すると、不意に張り紙が目に飛びこんできた。

「あなたの人生の作戦会議をします」

そう書かれた紙が、ちょうど視線の先に張り出されていた。

「あ、コーヒー、お願いします。あの、あれ、何ですか？」

優奈が張り紙について尋ねると、ウェイトレスは慣れた様子で「解決したいお悩みが、おありでしょうか？」と言った。

「そうですね……はい、悩んでます」

「そうですか。少々お待ちくださいね」

そう言うと、ウェイトレスはエプロンのポケットからメモをとり出し、何やら書きこ

んで、

「今日はもう夜遅いので終わってしまっていますが、明日以降で、ここを訪ねてみてください。必ず解決してくれると思いますよ」

と言って、優奈にメモを手渡した。

「王生際ハナコ作戦会議室……？」

❖

「こんにちは、王生際ハナコです」

３日後、優奈はあの日ウェイトレスに渡されたメモの場所、王生際ハナコ作戦会議室を訪れていた。

「あ、工藤《くどう》優奈です……すみません、作戦会議室ってはじめて聞いたので、ちょっと勝手がよくわからないのですが……カウンセリングとか占い的な感じでしょうか？」

余計な物がなく清潔な部屋、小さなテーブルを挟んで対面にいる、ハナコと名乗る女の人がちょっと綺麗すぎることにはビックリしたが、室内の雰囲気からするとだいたいそんなところのような気がしたので、とりあえず訊いてみる。

するとハナコは「あ、ううん」と短く返事をした後、改めて優奈のことを見つめてから、ゆっくりと口を開いた。

「私は占い師ではないので未来の予言をする係ではありませんし、心理カウンセラーでもないので心の治療もいたしません。私の仕事は、お悩みを解決することです。一緒に、あなたの人生の問題解決をします。具体的に言うと、あなたが欲しい未来を手に入れるための作戦を、一緒に考えるというわけです」

占い師ではない……カウンセラーではない……。

「そのことのために、今日から取り組めるミッションを決めて、あなたの人生を動かしていきましょう」

ミッション……？

よくわからないけれど、セックスレスは、この作戦会議の対象に入るのだろうか。優奈の中に一抹の不安がよぎる。そもそも「作戦会議室」という場所に、性的な悩みを持ちこむのってどうなのだろう……非常識なんじゃ……。

そんなことを考えていると、ハナコが持っていたノートを開き、ボールペンを添えて、こちらに差し出してきた。

「ここに、お名前書いてもらってもいい？」

言われた通りに、まっさらなページに「工藤優奈」と書いて戻す。

「今、何歳？」

「27歳です」

「そうなんだ」

そう言いながらハナコは、先ほどのノートに年齢を書き加えていく。カルテをつくっているようだ。

「で、今日はどうしたの？　悩みがあるんだよね？」

「あ、はい、えっと……あの……もしかしたら議題としてNGなものかもしれないのですが……」

「え？　NGとかないよ（笑）。なんでも大丈夫だよー」

「え、あ、そうなんですか？　でも、さすがに常識の範囲内で、とか、あるかなと思って……」

「ないよー！　だって悩んでいるんでしょ？　その悩みから解放されたいんでしょ？　だったら作戦を立てて解決しなきゃまずいじゃん。どんな内容でも、本人がそのことで頭がいっぱいになっていて困っているのなら、それは立派な悩みだし、解決するべき問題だよ」

泣きそうになった。というか、少し涙ぐんでいた。こぼれないように瞬きを堪える。どんな内容でも、本人がそのことで頭がいっぱいになっていて困っているのなら、それは立派な悩み……。

優奈は、セックスのことで悩んでいる自分のことを正直どうかと思っていた。世の中には諦めるべきこともあるんじゃないか。恋や愛やエロの案件は得てしてそうなのではないか。そんな風に考えたりもしていた。解決したがっていることに無理があるんじゃないか、って。

女子会で実花や加奈に話してふたりの反応を見た時、その思いはさらに強まった。誰も解決できていないことならば、もはや問題視することが変なのかもしれないと。

彼は今でも抱いてくれないわけじゃない。この10日ほどは抱かれていないけれど、たまには抱いてくれているし、その時に以前よりテンションが低そうなだけだ。たいした問題じゃないのかもしれない。こんなことを解決したがっているのは変なことで、自分は人より往生際が悪いのかもしれない。そんな風にも思っていた。

困っているのなら立派な悩みだし、解決するべき問題……。

だからハナコにそう言われて、優奈は救われた気がした。

「何系の悩みなの？　恋愛とか？　それとも仕事？　家族？」

涙ぐんでいることは見えているはずだが、ハナコはとくに気にしていない様子だ。そしてどこかワクワクしたような楽しそうな感じで「命にまつわる系？　ご近所トラブル？」などと、さきほどから候補を挙げ続けている。その様子が無邪気で可愛くて、気がつくと優奈は笑っていた。

「恋愛系です。今、付き合って3カ月になる彼氏がいて」

「あ、そうなんだ！　いいね！」

「はい、でもその彼と、この1カ月くらい……」

「うん、どうしたの？」

「……セックスがうまくいってなくて」

「そうなの？　どんな風に？」

「なんて言えばいいんだろう……セックスレス予備軍な感じと言いますか」

「そっかそっか。最後にエッチしたのは、いつ？」

そこからはハナコに質問されるがままに答える感じで、簡単に答えられる問いかけに一問一答しているだけだったが、5分もかからずに、実花や加奈に話していたようなことがいつの間にか洗いざらい話せてしまった。不思議な感覚だった。

ハナコは話しながら終始カルテにキーワードのようなものを短く書きこんでいた。そして一通りの情報が出揃ったのか、質問を止めるとカルテを見ながら「なるほどねー」と納得している様子だった。

「あの……やっぱりもう、話し合いしかないですかね？　もっと抱いてほしいってことを本人に言うべきですか？」

「いや!!　それはない！　言っても無駄だし、言っちゃダメ！」

「え、そうなんですか……？」

「うん。その件に関しては、このタイミングで優奈ちゃんがここに来てくれてセーフだったよ。言っちゃう前でよかった。間に合って、よかったね（笑）」

「え、あ、はい……？」

「欲を言えば、いつもより気合の入った下着を身につけたり、積極的になってみたりする前に来てくれていたら、もっとよかったけどね。まあ過ぎたことは仕方がない。でも今後のために伝えておくと、セックスが減ってきた時にそういう行動に出るのはタブーだよ」

「え、そうなんですか……!?」

「うん、ここに来てさらにセックスが減った原因はそれだと思うよ」

「どうして……!?」

「それらの行動は、彼からしたら、ただただプレッシャーだったと思うから」

「プレッシャー……ですか……?」

「うん。エロい気持ちになれなくなっている時に、エロいテンションで来られるのって恐怖だから。相手のことを好きな気持ちがあればあるほど、応えられないことが申し訳なくて気まずくて、ストレスになるだけ。

たとえば、性欲が全然わいていない時に、ハードな大人のおもちゃを見せられて『今から、これで遊ぼう!!』とか言われても嫌じゃない?

そういうのって気が乗っている時はいいけど、気が乗っていない時に見せられると、ただただ引くよね」

「たしかに……」

「たとえば、街中にいる知らない人とか、近所のおじさんとか、全然エロい目で見ていない相手から、性欲を見せつけられたら、それってものすごく怖いし気持ち悪くない?

性欲って、双方に同じくらいわいていると素敵なものになるけど、そうじゃない場合って、怖くて気持ち悪いものになるから、取り扱いには十分に注意が必要なんだよね」

「たしかに、自分がそういう目で見ていない相手の性欲って怖いですね……」

「うん。そういう人にいきなり性欲を見せられたりしたら、もはや凶器だよねそれ」

「めっちゃ怖い……！」

「ね。で、今のは極端なたとえだけど。でもね、優奈ちゃんが今回彼にしたことはそれなの。彼の中に優奈ちゃん宛の性欲が起こりづらくなっているタイミングで、逆に積極的になってエロい行動をとって性欲をぶつけたことは、彼に小さな恐怖を与えていたと思うよ」

「……‼」

思ってもみないことだった。

そもそも優奈は、彼が自分に対して萎えたのは、自分にエロさが足りないからだと考えていた。基本として、女のエロさはひとえに男を喜ばせるものだと考えて生きてきたし、だからエロさが足りない自分は女として今ひとつなんだと、どこかでずっとコンプレックスに感じてもいた。

女のエロさが、男に恐怖を与えることがある……？

「…でも、そもそも彼は、どうして私への性欲が減ってしまったんですかね……。それはやっぱり期間的なことですか？　3カ月も同じ女を抱いていると飽きてしまうのが、男のサガなんですか？」

「それはね、つまらなかったんだと思う」

「え？」

「優奈ちゃんとのセックスは、彼にとってつまらなかったんだと思うよ。それがセックスが減った理由」

「え……どうして……」

「男の人は、どんな女の人とセックスをするのが好きだと思う？」

「え……」

「どんな女の人とセックスをすると満たされると思う？　どんな風にセックスをされると、その女の人のことをもっと好きになると思う？」

「……エロい女じゃないんですか？　積極的で、自分からあれもこれもしてくれて、よく動く、セックスが上手な女の人のことが好きなんじゃないですか？　セックスが好きな女の人というか……」

「エロい女や、セックスに積極的だったり、腰を振るのや舐めるのが上手な女の人のことはね、便利って思うだけだよ。楽チンだ、とは思う。自分があれこれする手間が省けるからね。『無料の風俗だ、ラッキー』みたいな感じにはなる。でも『エロいから』『うまいから』『積極的だから』って理由で、好きにはならない。そういう女の人とのセックスを通して、その人自体にハマったりはしない」

「じゃあ……どんな女が……？」

「男の人が好きなのはね、『俺とのセックスが大好きそうな女』だよ。あと触っていて楽しい女の人とするセックスが好き」

俺とのセックスが大好きそうな女……!?

触っていて楽しい女の人……!?

「優奈ちゃんに足りなかったのは『俺とのセックスが大好きそうな感じ』と『触っている側が飽きないようなリアクション』、この2つ。

だから、挽回するために強化する必要があったのはそこなのだけど、実際に優奈ちゃんがとった行動は『セックスが好きな女』的なことだった。だから巻き返せなかった。

男の人は、俺とのセックスが大好きな女のことは好きだけど、セックスが大好きな女のことは、やや怖がる傾向にもあるからね。そういう女の人って浮気しそうだし。

どんな男と、どんなセックスをしてきたんだろう、って考えてしまうからモヤモヤもするし、自分なんかのやり方じゃ物足りないのではって不安にもなる。

男の人の多くは、女の人よりよっぽどか弱くてデリケートだから、この手の性にまつわる不安はプラスにつながることが少なくて、萎えることにつながる人が多い」

「そう……なんですか……？」

「セックスって、圧倒的に、男の人が動く側だよね。女の人のマグロは成立するけど、男の人のマグロって成立しないでしょ。つまりセックスのほとんどは、男の人が女の人にしてあげる行為なんだよね。

前戯にしろ、挿れてから動くことにしろ、基本的には男の人があれもこれもやってくれるよね。

だからこそ、男の人は自分のセックスが相手にとってどうなのかを常々すごく気にしているし、気に入ってもらえていないとしたら、それはかなり辛いこと。

だから男の人は、セックスに関する不安が苦手だし、セックスで不安な気持ちにさせてくる女の人のことは基本的に遠ざけたくなる。

で、そういう時はとくに、自分のセックスに大満足してくれる女とやる機会をつくろうとする。メンタルバランスをとるために」

優奈はこれまでずっと、「セックス＝女が男にさせてあげること」だと漠然と思っていた。

「話を聞く限り、優奈ちゃんは彼とのセックスがまだ順調だった頃に、彼がしてくれた行為に対して喜ぶ反応が少なかったんだと思う。こんな気持ちいいことをしてもらえて嬉しいっていう姿勢ではなかった。

彼の目には『俺のセックスをそれほど気に入ってなさそうな女』として映っていたと思うよ」

喜ぶ反応……。

してもらえて嬉しいっていう姿勢……。

たしかに、自分にそれはなかったはずだ。だってそんなこと思っていなかった。

「優奈ちゃんさ、セックスは男の人が気持ちよくなるためのもので、女はそれに付き合ってあげている、って思っていない？」

「！」

「男の人は、自分とのセックスに夢中になってくれない女の人のことが苦手だよ。他の、俺よりセックスがいい男に簡単にとられそうで怖いから。

優奈ちゃんさ、まだシャワーを浴びていないからって断ったり、出かける間際に誘ってきた彼に『今はあまり時間がないから、するなら帰ってきてからがいい。夜にして？』と言って待ったをかけたりしたことがあったよね。

そういうのって彼からしたら、俺とのセックスに夢中になっていない証拠だったと思う。私はそんなにしたくないけど、あなたがしたがっているからしてあげているのっていうスタンスに見える」

「……本当にそういうスタンスだったと思います……」

「それだと男の人は自信を喪失するし、がんばっても喜ばれていないと思うとやる気も出なくなってくる。ほぼマグロの女側と違って、男の人はセックスでやることがたくさんあるからね、モチベーションが高くないとできない」

「たしかに、言われてみれば、本当そうですね……そうなると、私はここからどうするべきですか？」

「もしまた抱かれるチャンスがあれば、そこで『俺とのセックスが大好きそうな女』感を出して挽回していくことなんだけど。

ここ最近の流れを考えると、もう抱かれない可能性が少しあるのと、そもそも優奈ちゃんて、その彼のセックス大好きなの？」

「えっ」

どうなのだろう。大好きです、と即答できないことは、たった今自覚をしたけれど。

帰国子女の彼は外国人のような愛情表現をしてくれる。そんな彼だからセックスの時も甘いささやきが多かったため、そこはすごく好きだし、だからセックスをしている時の彼のことを好きだとも思っていた。

けれど、彼のセックスのやり方そのものについてはどうなのだろう。よくわからない。というか、彼に限らず、これまで寝てきたどの男のセックスについても、大差がないと思っていた。だから「あなたのセックスが大好き！」などという視点は持ったことがなかった。

「さっきの話からすると、優奈ちゃんは、ベッドでゆっくりと時間をかけてセックスできる時以外は、あまり気乗りしていなかったよね。それはなぜ？」

「時間がない時にすると、ただするだけで、あまり言葉のやりとりがないから……可愛いね、とか、セクシーだよ、とか、そういうのが時間がないと省かれるから、なんかつまらなくて」

「となると、エッチそのもののやり方は、あんまり気に入っていないってことだよね」

「そうなのかも……」

「どうして彼とセックスがしたいの？」

「えっ」

どうして、したいか？　考えたこともなかった。

して当然だと思っていたし、付き合っているのにしないのはおかしいと思っていた。

男の人は好きな女の人ができたら抱きたくなるものであって、だから抱かれないと不安になったし、不満だった。でもそれは、彼とセックスがしたい理由とは違う気がする。したがられないと変だと思っていただけだ。

私は本当に彼とセックスがしたいのだろうか。

「気持ちいいからしたいの？　彼とのセックスが人生からなくなってしまったらすごく嫌で、できなくなると困るの？」

「……いや、なんか、それとは違う気がする……。

でも、やっぱり女に生まれて、セックスがない人生を送るのは嫌だなぁとは思います。男の人から、女としての私を、求められ続けて生きていたいというか……」

「うん、それは、そうだよね。男の人に抱かれる機会がない人生なんて、女体の持ち腐れだからね。それはすっごくもったいないよ」

「女体の持ち腐れってすごい言葉ですね……でもほんとそう……」

「今の優奈ちゃんは、せっかく若い女の体を持っているんだもん。セックスをする機会はあったほうがいいよね」

「はい……！」

「でもそれ、相手が彼である必要なくない？」

「え」

「とり急ぎ、セックスをする機会を確保したほうがいいと思うよ。

彼とのセックスレスを解消できるかは、今後彼から手を出される機会があるかどうかにかかっている。それさえあれば挽回の余地はあるよ。でも、それはひとまず待つしかない。すでに優奈ちゃんがいくつかのミスをしてしまっていて、引かれてしまっている経緯があるからね。

今後、新しく付き合う男の人と、セックスレスにならないように対策することはできるけれど、今回の彼に対してしちゃったことはとり消せない。思わせちゃったことをなかったことにはできない。

だから、彼とのセックスレスを解消できるかどうかは、彼の中にまだ優奈ちゃんに手を出す気力が残っているかどうか次第になる。もしかしたら、喪失した自信を埋めるために、もう他の女に手をつけはじめている可能性もある。今この問題は彼のターンになっている」

「なるほど……ってことは、彼に自然に抱かれるまで待つしかないと……。仲はいいので、セックスレスとはいえ早々に別れることはない気がしています。となると長期的に女体を持ち腐れることになりそうですけど、今回のことは私のミスだから、仕方がないですよね……」

「ううん、仕方なくないよ」

「え？」

「彼とのセックスレスと、優奈ちゃんの人生をセックスレスのままにしておくことは別問題」

「え？」

「そもそも優奈ちゃんは、彼のセックスをそれほど気に入っているわけじゃないし、彼とはまだ結婚しているわけでもない。

私はね、今回のセックスレスを、彼とのトラブルとして小さく処理するよりも、優奈ちゃんの人生の問題として大きくとらえて向き合ったほうがいいと思う。

だとすると、もっとドンピシャなセックスをしてくれる男を探しはじめてみてもいいと思うよ」

「浮気ってことですか……？　バレたら怖い」

「でも、今すぐ彼と別れるのって、すごくハードル高くない？」

「……！」

「今のような決定打に欠ける状況で、彼に別れを告げる勇気ある？　無理だよね？

そもそもね、女の人って、次の恋のメドが立ってからじゃないと別れを決意できない生き物だから」

「！」

「次の恋がはじまっていないのに、今の恋人に別れを告げる勇気のある女の人ってほとんどいないよ」

「……たしかに、次の恋がはじまっていない限り、差しせまって別れる必要ってないから、このままじゃ嫌だと思っていても何もできないというか……自分の意志だけでは別れってなかなか決められないんですよね……」

「次の男がスタンバイしてからじゃないと今の恋人に別れを告げられないのが女心だから。次が決まっていないのに、今を打ち切れる人って、けっこう相当な決断力の持ち主だからね。人並み外れている（笑）」

「そうですね、普通の女にできることじゃないですね（笑）」

「ね！　だから、とりあえず今の彼のことはそのまま置いておくのがいいと思う。だけどね、優奈ちゃんの人生のことを考えたら、次の男探しも並行してやってみたほうがいいよ。大丈夫だよ、今の優奈ちゃんの状況なら浮気してもバレないから」

「どういうことですか？」

「優奈ちゃんと彼はセックスレスだから。ふたりがセックスレスである限り、バレないよ。浮気がバレる時のパターンで、唯一ごまかせないのは性病にかかってしまった時だけど、セックスレスだったら仮に性病になったところで伝える必要がないし、秘密裏に治せる。だからセックスレスの場合は、浮気できる」

「なるほど……」

「今回、優奈ちゃんが彼とセックスレスになってしまった一番の原因は、優奈ちゃんが彼のするセックスを大好きになれていなかったことだから。で、それを素直に態度に出してしまっていたから、彼としては何をしてあげても優奈ちゃんの反応が薄いから退屈をしたし、自信も喪失して、抱けなくなった」

「はい……」

「彼のことをどうしようもないほど愛していて、絶対に彼の女として生きていきたいってことであれば、彼を優奈ちゃんにドンピシャなセックスができる男に育てるっていう作戦もなくはない。

けど、そもそも優奈ちゃんは自分のドンピシャなセックスをまだ知らないよね」

「！」

「優奈ちゃんに経験値があって、自分がどんな風にされたい女なのかを自分で熟知しているのであれば、彼を育てる作戦もなしではないけれど、優奈ちゃん自身がこれまであまりセックスに関心を持って生きてきていないから、いきなり彼を育てるのは厳しいと思う。無理ではないけどね、オススメな選択ではない」

「はい……まだ私あまりわかっていないです、自分がどんな風にされたい女なのか……」

「うん。だからまずね、自分が好きなセックスを知ること、どうされると気持ちいいのかを知ることだと思う。そのためには、そういうセックスをしてくれる男の人とのセックスを経験するのが一番早い」

「……！」

「つまり、まずは素で『私、あなたのしてくれるセックスが大好き！』って言える男の人を見つけよう。それが一番のセックスレス回避法だから」

これまで、付き合った男の人としかセックスをしたことがなかったし、そもそも私がセックスをする動機はいつも「付き合っているのだから」だった。

セックスのやり方なんてみんな同じで、そこによし悪しなどないと思っていた。好きだから気持ちいい、好きだからしたくなる、それだけだと思っていた。

「自分の人生をセックスレスにしない方法は、セックスのやり方が好きな男の人を恋人に選ぶことだよ。そうすればセックスレスにはならない」

「あの……セックスって、好きだから気持ちいいし、好きだからしたくなるものではないんですか……？」

「じゃあどうして、優奈ちゃんは彼のことが好きなのに、昼間のあまり時間がない時にはしたくないの？」

「あ、たしかに……」

「ということで、ミッションを発表します！」

「あ、はい、ミッション……！」

「ミッションその①　セックスをしてみたい男の人を見つける。

ミッションその②　その人と実際にセックスをしてみる。

ミッションその③　『この人のセックスのやり方、好き！』と思える人に当たるまで、どんどんそれを繰り返してみる。

これでいこう！」

「ちょ、今までにない価値観すぎて、混乱してます！」

「そうだろうね。でも、今までにない価値観をインストールした分だけ、人はアップデートされるからね。アップデートされるってことは、人生がスムーズになるってこと。以前より、不具合が起こりづらく、問題が解決されやすくなるってこと」

「なるほど……！」

「セックスに夢中になる、本気で喜ぶ、っていう感覚を手に入れられた時、優奈ちゃんはセックスレスに悩む人生から解放されると思うよ」

「がんばってみます……！」

「それにね、これだけ今までと違う行動をとったら、優奈ちゃんは変化するだろうし、きっと別の女みたいになってくる。そのほうが、今のままの優奈ちゃんでい続けるよりは、彼に抱かれる可能性も出てくるよ」

「別の女……！」

「うん、彼の中で優奈ちゃんは今、抱けない女枠になっているかもしれないけど、優奈ちゃんが別の女みたいになれば、また抱ける女枠に返り咲けるかもしれない」

「そんなところに可能性が……！」

「まあでも、その頃には、もう優奈ちゃんが彼に興味ないかもね」

「え、どうしてですか」

「大好きなやり方でセックスをしてくれる男のことを、大好きになってしまうのが女のサガだよ」

「想像つかないです……やり方とかあるんですね……！」

「で、誰かいるの？　セックスしてみたい男の人の心当たり」

「…………」

「いるんだね」

「いえ……その……」

「誰！　それ誰！」

「通っている整体があるんですけど、そこの担当さん……のセックスは、ちょっと興味あるかもなって……」

「お、いいじゃん、じゃあひとり目のターゲットはその人がいいね。近づき方はわかる？　優奈ちゃん、普通に恋愛はしてきているから、その辺は大丈夫そうだけど」

「あ、はい、男の人との距離の詰め方はわかります」

「いいね！　楽しくなってきたね」

「はい。正直自分でもビックリなんですけど、今、ワクワクしてます」

「次はいつその整体行くの？」

「今から行こうと思います（笑）。私、宿題を抱えたままでいるの苦手なタイプなので、やると決めたら即行動したい！」

「いいね、根が真面目な人ほど、性的に弾ける時は早いから、その勢いがあればきっと再来週には別の女みたいになっているよ（笑）」

「楽しみです（笑）」

❖

「お疲れさまでした、お気をつけてお帰りくださいね」

玄関で佐藤がそう声をかけると、優奈はニッコリと微笑んでから会釈をして出て行った。

あ、来た時と、顔が全然違っている。相談者を玄関まで見送る役目をしていると、いつもそう思うのだが、今の相談者に関しては何だか、ほんの小1時間の間にずいぶんと色気が出たように感じた。

佐藤は相談者を見送ると玄関に鍵をかけ、ハナコのいるカウンセリングルームをノックした。カウンセリング中、ハナコは水分をたくさんとるので毎時間お茶をいれに行く必要があるのだ。カウンセリングとカウンセリングの合間には必ずグランデサイズでいれ直しているのだが、次に佐藤が見に行く時にはいつもグラスの中は空っぽになっている。

ミントティーを注ぎながら、佐藤が言う。

「さっきの方、なんだかいきなり色気が増しましたね」

「ああ、やっぱりわかった？　さすが色男だね」

「僕、色男なんですか（笑）」

「それだけ充実した性生活を送っていたら色男でしょ（笑）。さっきの優奈ちゃんはねー、今日の作戦会議でメスイッチを入れたからね」

「なんですか、その素敵なスイッチは」

「女の人が、女体を持ち腐れないようにして生きていくことを決意した時に入るスイッチだよ。私は女をエンジョイして生きる！　って決めた時に入るスイッチ」

「なるほど。だから色気が出たんですね」

「そうです！　さすが、話が早いね佐藤くんは」

男の人が言う「女の色気」とは、自分を受け入れてくれそうな雰囲気のことだ。もしも色仕掛けをした場合に拒絶しなそうで、かと言って何でも受け入れるわけではなく、断るにしてもやんわりしっとりと遊び心のあるやり方で、決して空気が悪くならない対応をしてくれそうな印象のことを男の人は「女の色気」と言う。「その女の魅力×自分を受け入れてくれそうなパーセンテージ＝その女の色気レベル」だ。

今回のミッションを持ったことで、優奈ちゃんはさっそく新規の男性を受けつける窓口が開いたようだ。であれば彼女はもう大丈夫だろう。

未来はいつだって、今日ここからの言動次第だ。

ケース8

会社にいづらい女

「はぁ……」

「あら、麻奈《まな》ちゃん、またため息。幸せが逃げちゃうわよ。ほら、吸って吸って」

「あ、うん」

母の美子《よしこ》に促されるままに、麻奈は息を吸いこむ。物心ついた頃から20年近く続けてきた習慣だ。ため息をつくと幸せが逃げるからすぐ吸いこむように、というのが麻奈が小さい頃からの美子の教えだった。

「何かお茶でも飲む？」

「うん、じゃあホットのチャイ」

美子のいれてくれる熱いチャイが麻奈は大好きだ。丁寧にいれられた味がする。

麻奈がチャイを飲んでいると、心配そうな顔で美子が話しかけてきた。

「麻奈ちゃん、会社で何か嫌なことでもあった？」

「あー……うん、何があったってわけではないんだけどね。……なんか最近、会社にいづらくって」

「そうなの？　仕事で失敗しちゃったとか？　それとも誰かにいじめられているの？」

ひとり娘の麻奈は、昔からなぜだか人に嫌われることが多く、いじめられやすい子だった。母として幼少期からずっとその様子を見てきた美子は、麻奈が社会人となった今も、常に心配で仕方がない。

「ううん、本当に、そういうことではないの」

「そう……ならいいけど……」

「誰からも、いじめられてはいないんだけどね。なんだか、社内全体からの風当たりが強いような感じがしていて。一生懸命やってるんだけどね、キツい言い方をされたり、冷たい対応をされることがあって……」

「あら……！　やあねぇ……それじゃあ会社に行くのが嫌になっちゃうわよねぇ……人間関係って大切だものね」

「そうだねー……」

「あ、そうだわ！」

そう言うと、美子はエプロンのポケットから1枚の小さなカードをとり出し、麻奈にそれを差し出した。

「ねえ、麻奈ちゃん。ここ行ってみたらどう？」

「え、何？　王生際ハナコ作戦会議室……？」

「うん、なんか、すごいんだって。お母さんも人から聞いた話で詳しいことはわからないんだけど、なんでも、欲しい未来を手に入れるための作戦会議をしてくれるらしいのよ」

「へえ……」

❖

翌日の夕方、さっそく麻奈は王生際ハナコ作戦会議室を訪れていた。

「こんにちは、王生際ハナコです」

「川田《かわだ》です。よろしくお願いします……」

母の心配そうな顔を見ていたらいたたまれなくなり、思わず予約を入れてここに来てしまったが、これといって何か具体的な悩みがあるわけでもないし、一体どう相談すればいいのだろう。

……どうしよう。

麻奈が自問自答していると、ハナコが持ってきたノートを開き、

「ここに、お名前書いてもらっていい？」

そう言って、まっさらなページとボールペンを、麻奈の前に差し出してきた。「川田」と書いて戻そうとすると「下の名前も書いて〜」と言われたので「麻奈」とつけ足

して戻す。

「今、何歳？」

「今年で24歳です」

「そうなんだ。今年でってことは、今はまだ23歳？」

「あ、いえ、24歳になってます」

「そっか」

　ハナコが名前の横に年齢を書き加えていく。その様子をただ眺めていると、書き終えたハナコがペンを置き、改まったように麻奈を見た。

「私は占い師ではないので未来の予言をする係ではありませんし、心理カウンセラーでもないので心の治療もいたしません。私の仕事は、お悩みを解決することです。一緒に、あなたの人生の問題を解決します。具体的に言うと、あなたが欲しい未来を手に入れるための作戦を、一緒に考えるというわけです」

　欲しい未来を手に入れるための作戦……母が言っていた通りだ。

「欲しい未来を手に入れるために、今日から取り組めるミッションを決めて、あなたの人生を動かしていきましょう」

　そこまで言い終えると、ハナコの表情が一気にほどけた。一仕事終えたような、そんな顔をしている。

「で、どうしたの？　何か悩みがあるの？」

そうだ。私は今日この人に「欲しい未来を手に入れるための作戦」を立ててもらわなくてはいけないのだ。そう考えて、ふと麻奈は思う。私の欲しい未来ってなんだろう。

「…………」

自問自答していたら言葉が止まってしまっていた。

「あれ？　悩みは、とくにないのかな？　どうして今日、ここに来ようと思ったの？」

ハナコに話しかけられて、言葉を返していなかったことに気づく。

「え、あっ、あの母が」

「お母さん？　お母さんに勧められたのかな？」

「はい」

「ずいぶん情報通なお母さんなんだね（笑）」

そう言ってハナコが笑ったので、麻奈は少し、張り詰めていた気持ちがほぐれた。

「そんなことないんですけど、母の友人の佐々木さんの娘さんが、こちらに来たことがあるらしくて、たまたま」

「そうなんだ〜。お母さんとどんな話をしていたら、ここの話題になったの？」

「あ、えっと、昨日の夜、私がため息をついたんです」

「うん」

「それで、何かあったの？　会社で嫌なことあったの？　って」

「うんうん」

　そして麻奈は、昨夜の一部始終をハナコに話した。途中でハナコが「え、ってことはお母さん、いつもスパイスからチャイティーいれてくれるの？　すごいねえ」と言ったので、麻奈は嬉しくなった。大好きな母を褒められた。その嬉しさの分だけ、ハナコへの警戒心のようなものが溶けていくのを感じた。

　麻奈がすっかりリラックスした気分になっていると、ハナコは話を聞きながらメモをとっていたノートを眺めながら「なるほどねー」と何かがわかったような様子で何度か頷き、それから、こちらを向いて話しはじめた。

「つまり、ここ最近『会社にいづらい』ってことだよね？　それで会社に行くのが憂鬱になっていて、会社から帰ってくると、ついため息をついちゃうってことだよね？」

「あ、はい、そうです」

「ため息をつかずにいられるような感じで会社に通えるようになりたい、ってことかな？」

「あ、そうだと思います！　私の欲しい未来、きっとそれです！」

「オッケイ」

「はい！」

ここに来た時は、一体どう相談したらいいものかわからなかったけれど、早くもだいぶ状況が整理された気がする。いい流れだ。

「じゃあ、欲しい未来を手に入れるために、もっと具体的なことを知りたいから、現状をいろいろと確認させてね」

「あ、はい」

「会社にいづらいなぁって思うようになったのは、いつ頃から？」

「え、いつだろう……」

「逆に、いつまでは、いづらいって思ってなかった？　最初から、なのかな？」

「あ、いえ、途中から思うようになりました！　最初は普通でした」

「そっか、そっか。どうして、いづらいって思いはじめたんだろう？　いづらい理由を、片っ端から言ってみて！」

「えーと……先輩に話しかけづらい。先輩に話しかけるハードルが高いというか……」

「それっていつから？　最初から？」

「いえ、はじめは大丈夫だったので、途中からです」

「ってことは、たとえば先輩がコワモテでとっつきにくい雰囲気の人だから、とか、そういうことではないってことだよね。先輩の麻奈ちゃんへの対応が、何だかやりづらいってことかな？」

「あ、はい！　そうですそうです！」

「そうなんだ。それって特定の先輩？」

「うーん、最近は、会社の人たち全体的に……？」

「そうなんだ。どうして？　冷たいの？」

「あー……そうですね、冷たいです。冷たいというか、イライラしている感じで対応されることが多くて。だから声をかけづらいし、言いたいことがあっても言いづらくなったり、訊きたいことがあっても質問しづらくて。話せば話すほどイライラされそうで、なるべく最小限の会話にしようと思って、言葉を飲みこむことが多いです」

「みんな、短気なの？」

「うーん……最初はそんな印象なかったですけど……」

「なるほどね。会社の人と、飲みに行ったりしたことはある？」

「あ、はい、あります！　入社してすぐの頃は何度か連れて行ってもらいました」

「そうなんだ。最近は、ないの？」

「そうですね……誘われなくなりました……あ、そういえば、その頃からかも、話しかけづらいなって思うようになったのって」

「そうなんだ！　最後に飲みに行った時のこと、訊いていい？　何時から飲みはじめて、どんなお店に行ったの？」

「仕事終わりだったので、たしか19時半くらいから飲みに行って、会社の近くの焼鳥屋さんでした！」

　だいぶ前のことだから、もし、先輩たちとどんなことを話したかなどと聞かれていたら思い出す自信はなかったが、ハナコの質問は単純なものだったから、少し考えれば思い出せるものだった。

　その後もハナコから「何時まで飲んだの？」「2軒目は何分くらいいたの？」「2軒目でドリンクとかフードって何を頼んだの？」「ドリンクは飲みきれた？」などと具体的に聞かれ、麻奈はサクサクと答えていった。答え終わると、ハナコは話題を変えた。

「話変わるんだけど、最近の職場でのやりとりについて訊いてもいいかな？」

「はい」

「じゃあ昨日。何か先輩とやりとりした？」

「昨日……あ、はい、どうしても訊かなきゃいけないことがあって、質問をしに行きました」

「その時の会話の一部始終を教えて！」

「はい。私、企業のPCシステムを請け負う会社の営業職をしているんですけど。昨日、クライアントから『お願いしていた見積書、まだでしょうか？』という連絡があって。いわゆる催促なので、私は『ヤバッ』って思って」

「催促されるってことは、納期を過ぎていたの？」

「途中までつくって先輩にチェックしてもらわなきゃと思って放置しちゃっていたんです。で、焦って、急いで先輩のデスクに行って」

「うん」

「先輩はすごく忙しそうにキーボードを打っていたので、気まずかったんですけど、声をかけました」

「うん。ここからは、具体的に何をどう話したか、なるべく忠実に再現してほしい！」

「あ、はい、がんばってみます」

❖

麻奈「あの～～～」
先輩「(忙しそうにキーボードを打ちながら) 何?」
麻奈「あ、こないだの山本《やまもと》さんの件なんですけど……」
先輩「山本さんってどの山本さん? 担当者の名前じゃなくて、会社名で言ってくれないと。さすがに後輩の担当している会社の担当者の名前までは把握できていないから」
麻奈「あ、すみません。B社の山本さんです」
先輩「ああ、B社ね。何? どうしたの?」
麻奈「山本さんから見積もりを出してほしいって言われていて……」
先輩「それで?」
麻奈「一応、考えたんですけど……」
先輩「うん、用件を言ってもらえる?」
麻奈「あ、えっと、見積書がこれでいいのか自信なくて」
先輩「チェックしてほしいってことね、どれ、見せて」

その場で見積書に目を通す先輩。
先輩「ここところの項目は、もっと多く見積もって。オプションも、この項目を追加したほうが親切ね。先方はどんなことがしたいって言っているの？」
麻奈「こういうことがしたいと言っています」
先輩「あーじゃあ、このプランじゃなくて、別のプランを提案するほうがいいかも。ちょっと席戻ってて。今ラフをつくって持っていくわ、そのほうが口頭で説明するより早いから」
麻奈「ありがとうございます！」
15分後。
先輩「はい、先方の希望を最大限に汲《く》むなら、こうしたほうが丁寧だし親切な提案だと思うわ」
麻奈「ありがとうございます！　このプランで再度見積もりしてみます！」
その後、見積書を作成したところ不具合があったので、再度先輩のデスクへ。
麻奈「先輩〜。先輩に教えてもらった項目で再度見積もりしたら1000万円になってしまったんですけど、先方の予算は300万円なんです。どうしましょう」
先輩「…………」

❖

「だいたい、こんな感じでした！」

「なるほどね〜。最後の先輩の『…………』の時のテンションって、わりとよく見る顔というか、よくある光景？」

「そうですね、だいたいいつも、そういう感じになります」

「イライラしているような感じかな？」

「うーん……そうかも。うちの会社ってブラックまではいかないんですけど、オーバーワーク気味ではあるので、先輩も自分の仕事で忙しくて後輩の面倒を見ている余裕がないんだとは思うんです。でも、私も業務上どうしても必要なことだから訊いているわけで……こちらとしては会社のために一生懸命に仕事をしているだけなので、イライラされても困るんですけどね……」

「わかったよ、麻奈ちゃん」

「え？」

「なぜ、先輩の風当たりが強くなってしまったのか」

「え!?」

「麻奈ちゃんは、話の要点を見つけるのが苦手なんだと思う」

「……？」

「その結果として、『それ、先に言えよ！』という事件を起こしまくっている」

「……？？！」

「たとえば昨日の件だとしたら、一番最初に伝えるべきは『B社の案件で、予算は300万円』ってことなの。チェックをしてもらうなら、その情報をまず渡して、それからお願いするべきだった。だから言い方としては『B社からの見積もり依頼の件、先方の予算は300万円なのですが、この見積もりで問題ないかチェックをお願いします』、そう言えば、スムーズだった」

「……！」

「麻奈ちゃん、今、社内全体からの風当たりが強いって言っていたよね？」

「はい……」

「風当たりが強いのは、嫌われているからっていう可能性が高い」

「え……！」

「出会った時から、相手が嫌なヤツだったとしたら、その人がそういう性格ってことだけど。

出会った時は優しかったのに途中からそうじゃなくなる場合は、そういう性格の人ってわけではないから、自分に対してはそういう対応になっているってことだよね。それってつまり、嫌われているってこと」

「え……あ、でも、昔からいつもそうでした、学生時代も。なぜか、いつも、人から嫌われてしまうんです私。なんでだろう……。

やっぱり私の頭が悪いからですかね？　私ってバカだし、グズでトロいっていうのは、自分でもわかっているんです。でも、だから、普通の人よりも何倍も自問自答しているんです。

わからないからって、すぐに人に訊いたりせず、まずは人一倍たくさん考えるようにしてます。他の人は一瞬でわかることが私は何分もかかってしまうかもしれないけど、そこは努力するべきだと思うから、追いつけるくらいまでまず自分で考えるようにしてます。

で、それでもどうしてもお手上げな時に、やっと人に話したり訊いたりするようにしてます」

「麻奈ちゃん、それだ！　嫌われてしまう原因！」

「え!?」

「頭の悪い人、要点がずれている人は、基本的に嫌われる。なぜかというと、そういう人は、他人に二度手間をかけさせることが多いから。昨日の件、麻奈ちゃんが要点である予算を先に伝えなかったことで、先輩の時間をかなり無駄にしてしまったよね。ラフをつくってくれた15分は、いらない時間だった」

「はい……」

「会社の人は、麻奈ちゃんと接していると『それ、先に言えよ！』ってことがたくさんあるんだと思う。飲み会のこともそう。

最初に私に話してくれた時、麻奈ちゃんは、１軒目の焼鳥屋さんで21時半過ぎまで飲んだって言っていたよね。そのあと２軒目に移動してメニューを見たら、ピザとローストポークが美味しそうだったから『これ美味しそう！』って言ったら、先輩が頼んでくれたんだったよね。でも、麻奈ちゃんはお母さんとの約束で23時までに帰らないといけなかった。だからフードが届く前に、先にひとりでお店を出たんだったよね。

でもね、もし先輩が、麻奈ちゃんが23時までに帰らなきゃいけないと知っていたら、麻奈ちゃんが帰るタイミングまでは２軒目に移動しなかったと思うし、ましてや、ピザやローストポークは頼まなかったと思う。麻奈ちゃんが食べると思って頼んだのに、帰るって、『それ、先に言えよ！』だったと思うよ。ていうか、そう言ってなかった？」

「そういえば言ってました……『え、22時過ぎに出なきゃいけなかったの？　それ、先に言っといてよ！』って」

「だよね。問題はね、実害が出てしまっていることなの。飲み会の時の無駄になったドリンクとフードもそう、後に残された人からしたら迷惑。それに昨日のこともそう。

会社にいる時の先輩の時間は会社がお金で買いとっているものだし、先輩は会社に対して自分の時間を売っているわけ。だから、その時間の中でどれだけの仕事をするかはすごく大事なことで、それ次第で未来は変わってくる。みんな、一刻を争って働いているんだよ。

そんな中で、先輩が貴重な15分を麻奈ちゃんに使ってくれたのに、その15分は丸ごと無駄になってしまった。それは、先輩に対してすごく失礼だし、迷惑な話だよ」

「たしかに……言われてみれば、そうですね……」

「仕事においてね、他人に二度手間をかけさせたり、時間を奪うのは罪だよ。すごくすごく気をつけなきゃいけないこと。だから、いつだって要点は、まず一番初めに伝えないといけないの。最低限のやりとりで済むように工夫すること、それが礼儀」

「はい……でもだから私は、人に訊く前に、まずいつも自問自答を……」

「そう、それがね、麻奈ちゃんがうまくいかない理由なの！」

「え？」

「麻奈ちゃんはまず、自分では要点を絞れないという自覚を持つべき。仕方ないよそれは、苦手なんだから。そして苦手なことがあるのは罪なことじゃない。人間として普通なこと。

そういう麻奈ちゃんを採用したのは会社の判断だから、業務に苦手なことがあってもそれは麻奈ちゃんのせいではないし。その責任は会社にある」

「はい……」

「でもね、実害を出すのは罪だよ。苦手なことがあるのはいい。でも、実害が出ないように立ち回るのは、集団社会で生きていくのなら、必要な誠意だよ。その誠意は持っていないと、人から嫌われる」

「……！」

「麻奈ちゃんは、多くのことの要点を、自分では思いつくことができない。それは仕方がないし罪じゃない。

はい、ここで1つ目のミッションです。

ミッションその① 自分の頭を使わないようにする」

「え!?」

「自分の頭を使おうとするのをやめよう。それが敗因だよ」

「え、でも、大人として、社会人として、無責任じゃないですか……？　ていうか、自分の頭を使わないってどういうことですか？」

「迷惑をかけることが一番ダメ。責任のことを考えるのなら、実害を出さないこと、これを最優先にするべき。周りの人に与えるダメージを減らそう」

「……！」

「自分の頭を使わないというのはね、要点がどこなのか、自分の頭で考えて見つけようとするのをやめるってこと。自分の頭を使うんじゃなくて、テンプレートを仕込もう」

「テンプレートを仕込む……？」

「うん。今回のような見積書のチェックの場合、まず要点として挙げるべきは『会社名』と『要件』と『予算』の３つだよね。それは今回、もう学べたこと。これがテンプレートだよ。話の最初に必ずこの３つを言う」

「……！」

「麻奈ちゃんにとって大事なのは、一度も失敗しないことではなくて、同じ失敗を二度と繰り返さないように『今回で必ず、このパターンのテンプレートを収集する！』と決めて取り組むこと。

その案件の要点がわからない時は、ひとまず訊こう。先輩に訊いたり、そのハードルが高いのであれば、先に同僚や後輩に訊くのも手。

『要点を最初に伝えることが大事』っていうのもテンプレートだよ。私が今日、麻奈ちゃんに仕込んだテンプレート。

だからね、これはもう意識して生きていってほしいの」

「はい……！」

「今まではそんなことしたことないだろうけど、これからは同僚や後輩に『この件の要点って、どこだと思う？』って訊く習慣をつけよう。

ということで、

ミッションその②　自問自答を禁止して、わからないことはとにかく人に訊く。

ただし、一度訊いたことは一生忘れないで、死ぬまで生かすこと！」

「死ぬまで生かす……！　そんなつもりで質問をしたことなかった……です」

「うん。でもね、その覚悟があれば、迷わず訊いていいから。訊くことを控えるのはやめよう。自問自答でいい答えを出せるタイプの人もいるけれど、麻奈ちゃんはそういうタイプじゃないんだと思うよ。これまでの人生から解析するとね」

「これまでの人生、ですか」

「なぜか人に嫌われてしまう、って言っていたよね。つまり、自問自答をベースにしたこれまでの生き方の結果は、それなんだよ。

だから今までと同じ生き方をしていけば、これからも人に嫌われてしまいがちになる。それって生きづらくない？」

「生きづらいです……さすがに働きはじめたら、いじめとかはなくなりましたけど、学生時代はいじめもあって本当にきつかった……」

「うん。だったらさ、ここからは、違うやり方を導入してみようよ」

「違うやり方……」

「うん、どんなやり方で生きていくか、ちゃんと意志を持って決めてみようよ。やったことなかったでしょ？　やったことないことをしたら、その分だけ未来は変わるから、嫌われづらくなるかもしれない」

「わかりました……！　なんだか明るい未来がありそうな気がしてきた……」

「うん。今までの方針には、今までと似たような未来しかないけど、方針を変えれば、未来は変わるから。今までが暗かったのなら、方針を変えたここからは、明るくなるかもしれないよね！」

「はい……！　でも、自分では要点を思いつけないって、自分の頭で考えて生きていけないってことで、ちょっとむなしいですね……。生まれ持ったものは仕方ないんでしょうけど……」

「あ、ううん。そんなことないよ。麻奈ちゃんにとって、自分の頭で考えて生きていくことがすごく大事だったら、そういう選択肢もあるよ！　さっき出したミッションは、今の職場でこれからもやっていくなら、っていう前提での作戦だから」

「え、そうなんですか？　というと？」

「要点がつかめないのは、それが麻奈ちゃんにとって、相性の悪い作業だからだよ。つまり職業と自分の頭の相性が悪い。

　相性のいい職業につけば、麻奈ちゃんの頭を生かせるパターンもあるよ。今の仕事では、麻奈ちゃんの頭の型番が生かせないだけ。頭の型番ってあるんだよ。で、どんな頭の型番の持ち主にも、相性のいい作業と悪い作業がある。

相性の悪い作業を仕事にする場合は、あまり自分の頭を生かせないんだよね。その作業と相性のいい人が考えたテンプレートを仕込まないと事故る」

「なるほど……！」

「何を大事とするかは人それぞれだから、そこは麻奈ちゃん次第だよ。自分の頭で考えることを大事にして生きていきたい！　と思うのなら、どんな作業を仕事に選べばそういう生き方ができるのか、それを探せばいいし、そういう作戦会議をしよう。

今の職場でこれからもやっていくのか、自分の頭の型番にあった仕事を見つけるか、どちらを選ぶかはね、どんな未来が欲しいのか次第だから、麻奈ちゃんが決めていいことだよ」

「そっか……どこに行っても何をしても私は私だと思っていたから、会社を辞めることや職業を変えることは考えたことがなかったけれど……そっか、そういう考え方もあるんだ……！」

「うん！　私なんて、ほとんどの職業には不適合だもん！　相性がいい作業がほんのちょっとしかないから、逆にこんな変わった人生にたどり着いたよ」

「そうなんですか……？　なんだか意外ですけど……ハナコさんは何でも器用にこなせそう……美人だし……」

「え、美人？　嬉しい！　外見を褒められるのが一番嬉しい！」

「え、あ、はい、とっても美人だって、今日お会いした瞬間から思ってました……」

「やったー！」

あまりにも無邪気に喜ぶハナコにビックリしながら、もしかしてコレも要点だったのだろうかと考える。こんなに相手が喜んでくれるならば、早く口に出しておくべきだったのかもしれない。

麻奈がそんなことを考えていると、全力で舞い上がっていたハナコが一変、キリッとした顔をつくった。そして改まったように口を開いた。

「誰だってね、どこへ行ってもうまくやれるわけじゃないし、その逆に、どこへ行ってもうまくやれないなんてことはないんだよ。そういうのは相性だから。相性のいい対象と悪い対象は、どんな種類の頭にもあるんだよ」

「私と相性のいい職業ってなんだろう……」

麻奈が思わずつぶやくと、ハナコは「見つけてみる？」と茶目っ気たっぷりに笑い、麻奈に「お休みの日は何しているの？」「何をしている時が楽しい？」「携帯にブックマークしているサイト見せてもらってもいい？」「ネットの閲覧履歴も見てもいい？」「最近何かお買い物した？」「宝物ってある？」「ねえ、そのへアピンって自分でつくったの？」「その手提げはどこで買ったの？」などと大量に質問をしてきた。そうしてあっという間に、「麻奈ちゃんは、ハンドメイドの小物職人とかに向いているんじゃないかな」と提案してくれた。

「……！　たしかに、生地屋さんに行って布とかボタンを見ていると、アクセサリーのデザインとかどんどんアイディアわいてくるし、細かい作業は大好きです。でも、これはあくまで趣味の範囲で、仕事にするなんて考えたことがなかったです。小物のネット販売とかしている人はいるけど、それだけで食べていくのは難しそうというか……」

なんだか心臓がバクバクする。私は少しワクワクしているのかもしれない、と思いながらも、麻奈が不安を口にすると、

「これは今の会社にいながらでもはじめられることだから、会社を辞めるかどうかを考えるのは食べていけそうになってからで間に合うよ！　そんな一か八かみたいな、ロックな生き方をしなくても大丈夫だから安心して（笑）。それに会社勤めをしているほうが他人に触れる機会は多いだろうから、それが刺激になってデザインとかアイディアはわきやすいかもしれないし」

ハナコはそう言って、ニッコリ笑った。

「そうしたら、今の会社を辞めないという前提で話をすすめよっか。相性の悪い作業を

仕事に選ぶのであれば、必要なテンプレートを仕込むこと。自分の頭で考えないこと。

今日みたいに具体的なエピソードを持ってきてくれれば、私がそのことの要点を見つけて教えてあげることもできるから、社内では訊きづらいのであれば、しばらく私がレッスンすることもできるし。

自分で思いつくことにこだわる必要なんてないよ。教わればいいし、仕込めばいい。自分で思いついたことじゃなくたって、自分の未来を変えてくれる力を持っているんだよ」

ずっと、自分の頭で考えて生きていかなければいけないと思っていた。バカなりに、グズなりに、ノロマなりに、それでも自分の頭で考えて答えを出す努力をすることが、がんばって生きていくことなんだと、ずっとそう思っていた。

今の職場でうまくやっていこうと思ったら、自分の頭を使わないようにする……か。でも、ただでさえ出来が悪いのに、さらに手を抜くみたいで、何だか気が引けるような……。

そんなことを思いながらハナコのほうを見ると、目が合った。まるでずっとこちらを見つめていたような目つきだった。

そしてハナコは「あのね、麻奈ちゃん」と真剣な顔で言い、それからニヤリと笑って言った。

「がんばればできる、なんて、ありえないからね！　人間、がんばってもできないことばっかりだから。

だってほら、がんばっても自力じゃ空飛べないでしょう？　そのくらいの感じで、がんばってもできないことが、人にはそれぞれたくさんあるんだよ。でも、そんなの全然、仕方ないでしょ（笑）。がんばって空飛べよって言われても『いやいや、その機能が体に備わっていませんから！　構造上、無理だからね！』って話じゃん。

何もかもが、そのくらいの感じなんだよ。できなくていいの、仕方ないの、そういう構造なの！　空を飛ぶ必要がある時は、飛行機に乗ればいいの。

できないことをやろうとがんばると周りに迷惑がかかるから！　できないことは諦めて、とにかく実害を出さないように工夫することが、社会の歯車として生きていく人のエチケットでマナーだよ！

だからね、全然、引け目に感じなくていいんだよ。できないことをがんばらないことは誠意です」

「……はい!!」

肩の荷が下りたような気がした。すごく温かい手で、力強く背中を押されたような、そんな気がした。

「がんばってもできないことがあるって、何だか気が楽になりました」

「あるよー！　ちなみに、がんばらなくてもできることが向いていること、つまり相性のいい職業だよ！　私、今の仕事についてからがんばったことないもん（笑）」

がんばってもできないことがある。それは可能性が狭《せば》まることであるはずなのに、なぜか、麻奈は視界が広がったような、目の前が開けたような、そんな感じがしていた。

ずっと、がんばることが大事なんだと、諦めないことが誠意なんだと思っていた。

「ハナコさん、私、今日ここに来て本当によかったです」

「えー、それはよかった！　嬉しい！　この仕事をはじめた甲斐があったなーって思えるよー」

そう言って本当に嬉しそうに笑うハナコを見ながら、すでに私は少し変われたのかもしれない、と思った。人を喜ばせる言葉を声に出せるようになった。

今日ハナコにもらったテンプレート。それらを活用してつくっていく、ここからの未来。さらに、自分の相性のいい職業につく、という新しい選択肢も手に入れた。

麻奈はワクワクしていた。

❖

—1カ月後—

ハナコが14時45分にドアを開けると、いつも通り、すべての準備を終えた佐藤が受付で読書をしていた。

「おはよー」

「先生、おはようございます。あ、先ほど、川田さんがいらっしゃいました」

「川田さん？」

「先月いらした、川田麻奈さん」

「ああ、麻奈ちゃん！　どうしたの？」

「これ、先生に渡してくださいって」

麻奈から預かっていた、ベビーピンクの小さな紙袋をハナコに渡す。

「えー、なになに？」

「プレゼントっぽいですよね」

「そうだね、どれどれ」

紙袋の中には指輪ケースほどの小箱がひとつ、ラッピングされて入っていた。開ける。

「わお」

「何が入っていました？」

「ヘアピン……かな？　ハンドメイドのヘアピン。ほら」

「……小鳥……インコですかね」

「インコっぽいね……」

「先生、それ使うんですか？」

「私、ハンドメイド系の小物は趣味じゃないんだよね」

「でしょうね。手づくりの真逆が好きですよね」

「うん。佐藤くん、ハンドメイド系の小物が好きそうな女子との付き合いないの？」

「今の手駒にはいないので、今週中に新規開拓しますね。そのインコちゃんは僕が引きとればいいですか？」

「うん。インコちゃんを使いこなせる人の手に渡ったほうがいいと思うから」

「かしこまりました」

「いやー、麻奈ちゃんらしい贈り物だなぁ」

「要点を外している感じですか？　あ、もちろん、あの日のカウンセリングも盗み聞きしていたので」

「うん。でも、だからこそ、この手の小物をつくる仕事は、やっぱ麻奈ちゃん向きだよ」

「どうしてですか？」

「この手の小物のよさは、誰にでも理解できるものじゃないから。だからこそつくれる人が少ない。隙間産業」

「敵が少ない、ってことですね」

「それもあるし、麻奈ちゃんって思いこみが激しいし価値観が偏っているから、万人向けの商売をすると苦戦すると思うの。でも、コアな層を狙った商売なら、むしろそこが強みになる可能性があるから」

「なるほど」

「麻奈ちゃんのような人は、組織に属さず自己責任の世界で生きたほうが周りにも迷惑をかけないしね。同じ会社じゃなければ相手も付き合う義務がないから、『ダメだコイツ』と思ったら容赦なく切り捨てられるでしょう」

「たしかに。外部の人には、わざわざキツく当たらないですもんね。関わらなきゃいい話だから」

「そう。そのほうが、みんなストレスフリー。それにね、ズレているからこそ人よりがんばれて成功できるってこともあるから。

人並み外れた結果を出す人って、人並み外れてがんばった人だけど、なんでそんなにがんばれるのかってズレているからなんだよね。とくにすごくがんばっている自覚もなくそれをできちゃっているの。成功者は、どこかしらズレている人が多い」

「なるほど……！」

「そう考えると、麻奈ちゃんはその可能性を秘めている人でもあるからね」

「なるほど……川田さんはズレていますもんね」

「うん。かなりズレていないと、私にインコちゃんのプレゼントはしないはず（笑）。相手のことをよく見ていない証拠（笑）」

「ですね（笑）」

「でも、それでいいんだよ。相手のことを見るのではなく、自分の世界観にとことん向き合うやり方で成功している人だってたくさんいるんだから」

「夢がありますね」

「夢のかなえ方は、頭の型番の数だけあるからね！」

生きることに苦労しないために大切なことは、自分という素材を正しい場所に収めることだとハナコは思う。適材適所。自分にとってのそれを見つけられると、人生は拍子抜けするほどに、泳ぎやすくなる。
未来はいつだって、今日ここからの言動次第だ。

ケース9

運が悪い女

つくづく私は運が悪い。つい先ほどカーディガンの右肩に落とされた鳩のフンをカフェのトイレの洗面台で洗い流しながら、光恵《みつえ》は泣きたい気持ちになっていた。

ついていない人生なのだ、ということは、小学1年生の時に自分がブスであることを自覚した時から思いはじめた。こんなにブスでデブな遺伝子の家系に生まれた時点で、私はすごく運が悪い。

小学3年生の時のクラス替えで、みんなから嫌われている性格の悪い先生のクラスに振り分けられてしまった時にも、運のなさを痛感した。もっといい先生が担任だったら、いじめにあった時にちゃんと対処をしてくれて、楽しい学校生活を送れたはずなのに。

中学へ上がっても、高校へ上がっても、光恵の学校生活にはいつもいじめがつきものだった。それもこれもいい先生に当たらなかったせいだ。

いじめだけではなく、その運の悪さは受験においても発揮された。

裕福とはいえない家庭で育った光恵は塾などに通わせてもらえなかったため、受験の時には独学で必死に勉強をがんばった。それなのに、受験前日にインフルエンザにかかった。高校受験の時も、大学受験の時もだ。それで結局、すべり止めの学校しか受験できなかった。

大人になってからも不運は続いた。まず、就職に失敗した。せっかく大学まで出たのに、光恵の代は就職氷河期で、どこからも内定がもらえなかった。こんな時代に生まれてしまったせいで。そう思った。時代が就職氷河期じゃなかったら、どこかしらから内定をもらえていたはずなのに。それで結局、派遣の仕事をするしかなかった。

そんな社会人生活でも、運の悪さはいかんなく発揮された。派遣先がブラック企業だったり、性格の悪い人がいる部署にあたってしまうことが多く、学生時代と同様に、よくいじめられた。

仕事だけじゃなく、私生活も散々だった。引越し先では、隣人トラブルが絶えなかった。私が住むアパートは、いつも住人の質が悪い。

そして今日は鳩のフンだ。こんな風に鳩にフンを落とされるのは、今月だけで3度目だ。

幸い、カーディガンについた鳩のフンは綺麗に落とすことができた。すぐに洗った甲斐があった。

洗面台を使いたくて、とっさに入ったカフェだったが、このまま何も注文せずに出て行くのは気が引ける。光恵はお茶を飲んで行くことにした。

席をとり、メニューの写真を見て惹かれた生クリームがたっぷり乗ったカフェモカを注文する。生クリームの上にはふんだんにチョコレートソースがかけられていて、光恵好みだった。

とくにお茶するつもりで来たわけでもないので、オーダーを終えるとさっそく手持ち無沙汰になった。それで店内をグルリと見渡した。

「あなたの人生の作戦会議をします」

期間限定ドリンクの張り紙の並びに、妙な張り紙があることに気づいた。何あれ？　人生の作戦会議？

光恵が考えていると、ウエイトレスがカフェモカを運んできた。

「お待たせいたしました、アイスカフェモカになります」

「あ、ありがとうございます。あの……」

「はい」

「あの張り紙、なんですか？　あなたの人生の作戦会議をします、って」

こんな風に、気になったことをすぐに人に訊ねるのは光恵らしくないことだった。しかし、今日の光恵は、今月3度目の鳩のフンによって追いこまれていた。こんな人生もう嫌だ。心底そんな気分だった。

「解決したいお悩みが、おありでしょうか？」

するると、ウェイトレスにそう訊かれた。

「えっ……えーと……悩みを、解決してくれる場所なんですか？」

「そうですね」

「……どんな悩みでも？」

「そうですね。過去に、解決できなかった悩みはないと聞いております」

「へぇ……」

訊いてみたものの、その先のことは考えていなかったので間抜けなあいづちになってしまった。

どうしよう。私はどうしたいんだろう、どんな所なんだろう。得体が知れなさすぎて、これ以上突っこんだ質問をすること自体にも勇気がいる。訊くだけ訊いて「ああ、そうなんですね」で終わらせるのも気まずい。でも気になる。どうしよう。

光恵がそんなことを考えていると、その様子をじっと見つめていたウェイトレスがエプロンのポケットからメモをとり出し、何かを書きこんで、手渡してきた。

「もし何かお悩みがあるようでしたら、ここを訪ねてみてください。必ず、解決してくれると思いますよ」

「王生際ハナコ作戦会議室……？」

❖

「こんにちは、王生際ハナコです」

1時間後、光恵は王生際ハナコ作戦会議室を訪れていた。今日は本当は洋服を買いに行こうと思っていたのだが、鳩のフンに襲撃されたことですっかりその気が消沈してしまい、それにカーディガンが濡れてしまったから電車に乗るような距離を移動する気にもなれなかった。

それで、行くとも行かないとも決めずに、ウェイトレスに渡されたメモに書いてある住所を調べてみたら、その場所はカフェからすぐそばにあるらしかった。

空っぽになったカフェモカのグラスをしばらく見つめて、気が遠くなるほど「どうしよう」と悩んだ後、行くか行かないかは置いておいてとりあえず料金システムなどを訊いてみようと思い立った。メモに書かれていた番号に電話をしてみると、「今週はもうすべてご予約で埋まっているのですが、つい今しがた1件だけキャンセルが出ましたので、この後すぐならご案内できますよ」と言われ、気づいたら予約をとっていた。

❖

「あ、えっと……武田《たけだ》光恵です……よろしくお願いします」

ハナコを一目見た瞬間から、光恵は呆気にとられていた。こんなに綺麗な人が出てくるとは思わなかった。顔立ちも綺麗だが、肌の透明感がすさまじい。会社ではここまでの美人は見たことがない。華奢で、線が細くて、だけど貧相ではなくて、スタイルもすごくいい。髪もツルツルだ。こんな外見に生まれついた時点で、この人は恵まれている。私と違って運がいい。こんな生まれつき恵まれた人生を送ってきている人に、私の悩みは理解できるのだろうか……。

光恵がそんなことを考えていると、ハナコは持ってきたノートを開き、

「ここに、お名前書いてもらっていい？」

そう言って、まっさらなページとボールペンを、光恵の前に差し出してきた。武田光恵、と書いて戻す。

「今、何歳？」

「25歳です」

そうなんだー、と言いながら、ハナコが名前の横に年齢を書き加えていく。そしてペンを置くと、改まったように光恵を見た。

「私は占い師ではないので未来の予言をする係ではありませんし、心理カウンセラーでもないので心の治療もいたしません。私の仕事は、お悩みを解決することです。一緒に、あなたの人生の問題を解決します。具体的に言うと、あなたが欲しい未来を手に入れるための作戦を、一緒に考えるというわけです」

欲しい未来を手に入れるための作戦……？

「欲しい未来を手に入れるために、今日から取り組めるミッションを決めて、あなたの人生を動かしていきましょう」

ミッション……？

そこまで言い終えるとハナコは優しい顔つきになった。

「で、悩みがあるんだよね？　どうしたの？」

「あ……あの、私、すごく運が悪いんです」

「え、そうなの？」

「はい。私の人生がうまくいかないのは、すべて運が悪いせいだと思うんです。だから、運がよくなりたいんです！」

「そうなんだ。光恵ちゃんは、どうして自分は運が悪いって思うの？　最近、何か運の悪さを感じた出来事はあった？」

「あ、はい!!　ちょうど今日もありました。さっき、鳩にフンを落とされました。しかも今月3回目」

「ほう。なるほど。他にも何かある？　最近のでも、昔のでも、光恵ちゃんの人生に起こった運が悪いエピソード、教えて！」

「ありますあります！　めっちゃあります！」

人前で話すのは基本的には苦手だが、運が悪いというテーマであれば無限に語れる。光恵はなんだか少し楽しくなってきた。

小学生時代のことから話しはじめた。ハナコの「そうなんだ（笑）」「それでどうなったの？」「あとは？　あとは？」というあいづちの効果なのか、話していると自分がおもしろトークをしているような気分になり、それでどんどん楽しくなってきて、受験のこと、就職のこと、派遣先のこと、ご近所トラブルの話まで、一気に話した。

どうだ、という気持ちもあった。どうだ、私の運の悪さは、悲惨でしょう。あなたの人生とは全然違うでしょう、世の中にはこんな人もいるんですよ、生まれつき恵まれていない人の人生ってこんな風なんですよ。そんな気持ちもあった。

「で、極めつけが、今日の鳩のフンです。もうほんと、運が悪い選手権とかあったら、私、優勝できる気がする！」

そして、そんな風に締めくくった。さあ、どうくる王生際ハナコ。

光恵の話を楽しそうに聞き、こちらの気分がよくなるようなあいづちを打ってくれるハナコに対して、好意的な気持ちになりつつあったが、それでもやはり光恵の中には「恵まれている人にはわからないでしょうけど」という意地悪な思いがあった。そもそも光恵は美人が嫌いだ。生まれつき恵まれていて、ずるいから。

「なるほどねー」

光恵の話を聞きながら、走り書きでメモをとっていたノートを見ながら納得したように頷くと、ハナコは光恵のほうを向いて、こう言った。

「じゃあ、まず、鳩のフンの話から」

「？」

「光恵ちゃんは、鳩のフンが落ちてきたことについて、どうして、自分の運が悪いせいだって思うの？」

「え？」

「自分にだけ落ちてきている、って思っているの？」

「え」

「他の人にも同じくらい落ちてきているかもしれなくない？　どうして自分にだけ特別多く鳩のフンが落っこちてきている、って思いこんでいるの？」

「！」

考えたこともなかった。どうして？　どうしてだろう。なんて答えればいいかわからず、光恵は言葉に詰まった。どうしてかはわからない。でも、こんなに鳩のフンをくらうことが普通だとは思えない。根拠はないけれど、そんな話は聞いたことがないし。

「いや、でも、他の人は、こんなに鳩のフンくらっていないと思うし……そんな話、聞いたことないし……」

「光恵ちゃんは、人に話しているの？　今日くらったこと、このあと、誰かに話す？　今月の過去2回の鳩のフンのこと、誰かに話した？」

「え、いや、話していないです。私、友達が少ないから、話す相手がいないというのもありますが」

「じゃあ、みんな、話さないだけかもしれないよね。他人と比較しないと、自分だけが特別そうなのかはわからないことだから。鳩のフンをこのくらいくらうのが皆もそうだとしたら、光恵ちゃんだけが特別に運が悪いってわけじゃなくて、普通だよね」

「まあ……たしかに……」

「でもね、私はいろんな人と鳩のフンの話をしたことがあるから知っているのだけど、光恵ちゃんが思っている通り、鳩のフンを月に3回くらうのは、普通ではないよ。人より、かなり多い」

「ですよね!! やっぱり私って運が」

「でもね、それは運のせいじゃないよ」

「え？」

「光恵ちゃん、最初に鳩のフンをくらった後に、もう二度とくらわないように何か対策した？」

「え？」

「どうして今日、くらうハメになっちゃったのか、原因を解析したりした？」

「……！」

「他の人が、月に3回も鳩のフンをくらわないのは、一度くらったらその時点で、もう二度とそんなことが起こらないように対策を打つからだよ。

ちなみに、その3回って同じような場所だったりする？」

「あ、はい、そうです……同じ通りです」

「だったら、もうその道を通らないようにするとか、どうしてもその道を通る必要があるなら日傘をさしてみるとか、注意深く地面を見ながら歩いてフンが落ちているところは避けるようにするとか、鳩がフンをしやすい場所の傾向を調べるとか、そういうこと、何かした？」

「いえ、何も……」

「人生で1回くらいは、誰でも鳩のフンをくらっているよ。私も、あるし。それくらいは普通のこと。

そしてそれは避けられない。最初の1回目はね。やっぱり一度は経験しないと、まさかくらうとは思わないから鳩のフン対策をするって頭がないからね。

でもね、立て続けに起こるのは、仕方ないことではない。自分のせいだよ。くらわない対策をとっていないせい」

鳩のフンをくらわない対策。考えたこともなかった。くらってしまうのは運が悪いからであって、どうにかできることだと思ったこともなかった。

「あと、ブスでデブの遺伝子の家系に生まれたこと。これは運が悪いというよりは、普通だと思うよ。だって、生まれつきの美人なんて、世の中の1割くらいじゃない？」

「え……」

「だってほら、クラスにそんなにたくさん、可愛い人っていた？　思い出してみて。思い出せないなら、今日おうちに帰ってから卒アル見てみて。９割はブスとブサイクだよ（笑）」

「たしかに……デブはともかく、顔は、みんなそうでもなかったかも……？」

「うん。だから、美人の遺伝子を持って生まれてこれた人がすごくラッキーなのはたしかだけど、それって超少数派で、そうじゃないほうが普通だよね。運が悪いっていうか普通」

「ハナコさんは、ラッキーでしたね……」

「なんでそう言いきれるの？」

「え？　だって、美人に生まれているから……」

「生まれつきの美人だって、どうして言いきれるの？　整形かもしれなくない？」

「え!?　整形なんですか？」

「いや、この顔は生まれつきだけど、でも、光恵ちゃんは私と今日出会ったばかりで、私のスッピンや幼少期を知っているわけでもないから、もしかしたら整形美人かもしれないし、整形級のメイク術の持ち主かもしれないし、生まれつきの美人かどうかなんてわからなくない？　どうして生まれつきって決めつけているの？」

「……！」

「もし整形とかメイクがすごいんだとしたら、それって、運のよさってよりも、努力だよね」

「そうですね……」

「体形に関して言えば、太らない体質というのは特異体質だから、食べ方次第で太ったり痩せたりするのが普通体質と言えるけど、光恵ちゃんが太っているのは運が悪いからなの？　太るものを食べているからじゃないの？」

「え、でも、小さい頃からだし、親も太っているし、やっぱり遺伝子には抗えないかなって……」

「太っている人がつくる料理は、太る内容だからね。太っている親の子どもが太りやすいのは、遺伝子の問題ってよりも、太るような食習慣をそのまま受け継ぐからだよ。

　小さい頃は親が用意した食事を食べるしかないから仕方のないところもあるけど、光恵ちゃん今はひとり暮らしをしていて、自分で食事を用意しているんだよね。今の光恵ちゃんの体形は、運とかではなくて、光恵ちゃんの生き方がつくっているものだよ。太ってしまうのは、食事に関する知識不足が原因。今日は何を食べた？」

「え……朝はバナナとトーストとウインナーと目玉焼きで、さっきカフェモカ飲みました。そんなに太るようなものは食べていないと思うんですけど……」

「知識不足すぎ！　何を食べたら体の中で何が起こって、どんな風に体重が増えていくのか、その仕組みを知らないから、体形をコントロールできないんだよ。骨の長さとか形は、どんな親から生まれるのかで決まってしまうけれど、肉づきとか脂肪の量は、食事次第でいくらでも変えられる。太っているのは運の悪さじゃなくて、自分の勉強不足だよ」

特別に大食いなわけでもないのに太っている光恵は、体形について自分のせいだと考えたことがなかった。痩せている人はみんな太らない体質なんだと思っていたし、自分が太ってしまうのもまたそういう体質だからで、そんな遺伝子を持つ体に生まれついたのは運が悪いからだ、そう思っていた。

え、私のせいなの……？

思ってもみなかった見解に戸惑う。ハナコは、さらに続ける。

「受験でインフルエンザになった件だけど、インフルエンザの予防接種は受けていたの？」

「え……いや……」

「受けなきゃダメだよ、それはさすがに!!（笑）」

「いや、でも、インフルエンザの予防接種なんて人生で一度も受けたことないけど、いつもかからないし……」

「むしろそれ運がいいから!!　予防接種をしなかったら、かかることが普通で、かからないのがラッキーだからね！　予防接種をしたって、かかってしまうことはあるくらいだし、絶対にかかりたくない時は少なくとも予防接種はしておくべきだよ！　やれるだけのことは、しないと」

「そうなんですか……？」

「うん、それに受験の時期なんて、プレッシャーやストレスもあるし、勉強をがんばっている分だけ寝不足だったり生活が不規則だろうから、そもそも抵抗力や免疫力が落ちているからね。普段は平気な人でも体調を崩しやすいタイミングだよ。運とかじゃなくて、人間の体の仕組みとして」

「言われてみれば、たしかにそれはあるかも……」

「あと、光恵ちゃんは食事に無頓着だから、必要な栄養がとれていたかどうかも怪しいと思うよ。それはインフルにかかりやすい原因になる。受験の時以外はインフルを免れていることの意味のほうがわからないよ！　むしろ、かなりのラッキーガール！（笑）」

「え、そうなんですかね？（笑）」

「そうだよ！　あと就職に関して言えば、光恵ちゃんは内定もらえなかったけれど、その同じ年に就職できている人もたくさんいたわけだよね。募集自体がなくて就職試験を受けられなかったのなら、まだ嘆く気持ちもわかるけど、試験を受けた結果として落ちているのは自分のせいだよね。同じ試験を受けて、内定をもらえている人もいるわけで、光恵ちゃんにもチャンスはあったわけだから。悪かったのは運ではなくて、試験会場でのパフォーマンスだよ」

「でも……自分の親とかが普通に就職できたって考えると、私は厳しい時代に生まれたよなぁって……自分の親がそんな人並み外れたパフォーマンスをして内定を勝ちとったとは思えないけど、その頃はそれでも就職できたわけだし……」

「就職に関して言えば、その頃のほうが難易度は低かったのかもしれないけど、それは時代の特徴のひとつだから、その時代には他の苦労があったと思うよ。たとえば携帯がなくて、今より恋愛を成就させるハードルは高かったと思うし。一長一短だよ、どの時代だって。

　それに、怠けた気持ちで会社に入りたがりすぎだよそれは。会社に失礼。どの会社だって、誰かが必死になってつくり上げたものなんだよ」

「……！」

「光恵ちゃんが『運が悪い』って運のせいにしていることとって、逆に、運のよさだけでどうにかなると思っていることなんだと思うけど、それは運に頼りすぎだよ。実力がないのに内定を欲しがるのは、身の程知らずだよ。それは就職試験をナメすぎてる！　運のよさって、チャンスがあるかないかくらいの所までで、チャンスをつかめるかどうかは実力だよ。就職試験を受けられた時点でチャンスはあったよね。つかめなかったのは実力不足だよ」

運のせいにしていること……？

実力……？

光恵は、頭がパンクしそうだった。

「担任の先生がハズレだった話もそう。でもそれって、クラス全員が同じだよね。光恵ちゃんだけがハズレを引いているわけじゃないよね。

そしていじめに関しては、先生にどうにかしてもらおうとかの前に、どうしていじめられてしまうのかをまず自分で考えて、いじめられない人間になることを決めて、言動を変えていかないと。

いじめられるってことは嫌われているってことだから、先生がとりあえずいじめを阻止してくれたとしても、人から好かれていない自分のままじゃ楽しい学校生活は送れないし。

楽しい学校生活を目指すのなら、先生にいじめをどうにかしてもらうだけじゃなくて、人に嫌われてしまうような自分を変える必要があるよ。クラスメイトから嫌われたままじゃ、どっちにしろ学校はつまらないよ」

「でも、でも……」

何か言いたかった。悔しいけれど、ハナコの言っていることはわかる。でも、自分とハナコのような美人が同じ条件で生きているとは思えないし、やっぱり運が関わってくる部分だってあるはずだ。

そうだ、さっき挙げた例はどれも個人的すぎたのかもしれない。ハナコのあいづちに乗せられて、おもしろおかしくウケ狙いのようなトークをしてしまったせいで運の悪さが正しく伝わらなかったのかもしれない。

そうだ、ああいうのよりも、もっと一般的によく言われている運の悪いエピソードなら……。

「あ、これはどうですか？　男運！　男運も悪いんです、私」

「男運なんて存在しないよ」

「⁉」

「昔のように親同士が決めた相手と結婚しないといけないとか、マンガの設定でよくある、政府からあてがわれた男と必ず結婚しなければいけないとか、そういう自分の意志とはまるで違う経緯で男をあてがわれるシステムなら運もあるけど、現代の日本においての恋愛って、100％自分の趣味だけで進めていくプロジェクトだもん。誰と恋愛をするのか、自分で相手を選べるのだから、運は関わっていない」

「……でも、ダメ男ばっかり寄ってくるんです」

「寄ってきた男を拒んじゃいけない法律があるわけじゃないのだから、ダメ男だと思うのなら、受け付けなきゃいい話だよね。寄ってきたその男と恋愛をするのかしないのか、それは自分が選んでいること」

「はじめはダメ男だってわからなかったりするんですよ……」

「わかった時点で終わらせれば、被害は最小限で済むよ。その人と今日も明日も恋愛を続けることを選んでいるのは自分。

恋愛は、自分の一存だけで決められることなんだよ。仕事と違って上司の判子も何もいらないで、はじめることも終わらせることもできるのだから、何が起きても自分のせいだよ。そうなることを自分が選んでる」

「たしかに……」

「ちなみに私は、ダメ男なんて存在しないと思っているけどね！」

「え？」

「ダメな男がいるわけじゃなくて、粗末に扱われる女がいるだけ。『コイツにはこういう対応でいいや』ってダメ対応枠に選ばれている女の人がいるだけ。男の人は、女の人に対する態度をかなり使い分けている」

「……！」

「だからもしダメ男に当たってしまうのなら、それは相手がダメな男なわけじゃなくて、ダメ対応枠に選ばれてしまうような自分のせいだよ。だとしたら『そういう枠に選ばれない女になる！』って決めて、自分を変えていかないと、いつまでも男の人にダメな面しか見せてもらえないよ」

ぐうの音も出ない……そう思った。でも、悔しい。結局、美人には私の気持ちなんてわからないのだ。なんかもっとハナコでも打ち返せない運の悪いエピソードはないものか……。光恵は意地になっていた。

「あ、じゃあ、これはどうですか！　私、雨女だと思うんです。とても楽しみにしていた旅行やイベントの時に限って大雨が降るんです！」

「自分なんかが、天気に影響できると思っているの？　それはさすがに、ずうずうしくない？（笑）天気って、その地区みんなで共有しているものだし、誰かひとりの予定を潰すために、たとえば東京中の人たちが傘をさす羽目になっているとは私には思えないんだけど、どう？」

「……たしかに……」

「あと、旅行やイベントごとを計画する時に大事なのは、雨を避けることよりも、雨によってその日が台なしにならないようにその手配もしておくことだと思うよ。雨が降る可能性はいつでもあるからね。

出かける動機が『絶対にあの遊園地に行きたい！』とかの時は、さすがに難しいけど、『このメンバーで何かをしたい！』『休日を楽しく過ごしたい！』からはじまる計画のほうが多いと思うんだよね。

雨天決行できる旅行プランを立てておくとか、もしくは雨の場合にどうするかを決めておく。『それはそれで楽しみ！』っていう代案を出せていれば、雨は怖くなくなるし、どっちにしろ楽しめるよ」

「あ、じゃあ、これはどうですか？　スーパーに自転車を止めて買い物していたら、自転車が盗まれました！　この3年で2回も!!」

「鍵、かけていたの？」

「いや、ちょっとだから大丈夫かなって……」

「ただの不注意（笑）。鍵をかけなかった自分のせいだよ」

「……たしかに……。あ、そうだ、さっきも話したけど、隣人トラブルはどうですか？　いっつも、どこに引っ越しても隣人が変な人で、嫌な思いをするんです！」

「それは、そういう人も住めてしまうようなグレードのところに住むからだよ。隣人に迷惑をかけるって、モラルがなさすぎるし人としてダメな奴だから、そういう人ってまず社会で結果を出せない。お金を持っていないから、彼らが住めるところは限られている。

だから、そういう人が住めないようなグレードの建物に住めば、その問題は解決する。単純にもっと家賃の高いマンションとかを選べば、住み心地は変わってくると思うよ。今の自分にはそれが選べないとしたら、それは、その生き方をしている自分のせいだよ」

「……！」

「まだエピソードある？」

「いえ……」

「えー、嘘だ、あるでしょー。光恵ちゃん、まだ腑に落ちていない顔しているから、まだミッションの話はできない」

「！」

「ほら、もっと、運が悪いエピソードちょうだい！　千本ノックしよー（笑）。いくらでも、ぶつけて！」

「……スーパーで自分が並んだレジが一番遅い……いつもそうなんです……」

「先に並んでいる人たちの買い物カゴの中身、ちゃんと見てから、並ぶ列を選んでいる？　あとレジを打つ人の手際も。どこが一番早そうか、確認してから並んでいる？」

「いえ、確認してませんでした……」

「確認しよ〜、そしたらその事態は避けられるからね！　あとねー、電車とか乗った時は、座っている人たちのことをよく観察してみると次の駅で降りる人を予測できる場合があるから、座れる確率をあげられるよー。観察大事！」

「そ、そうなんですね……！」

「あとは？　あとは？　まだあるんでしょー？」

「え、えーと……あ、みんなで写真を撮った時に、自分だけ目をつぶってしまっている……とか」

「スタンバイが早すぎるんだろうね。撮るよーって言われてからすぐスタンバイに入るんじゃなくて、撮るよーって言われたらまず瞬きをして、カメラを向けている間もまだ瞬きして、いざ構えられてから瞬きを我慢すれば、おそらく持つよ。早くから瞬きを我慢しちゃうと、ちょうどシャッターの時に限界がきちゃうんだよね」

「なるほど……！」

「あとは、限界きたらいっそ下向くとかね。そのまま瞬きしないで、サッとうつむいて瞬き。半目でしっかり映るよりは、ブレているとか、顔がちゃんと写っていないほうがダメージが少ないよね」

「タイミングつかめるようになるまでは、その作戦でいこうと思います……！」

ハナコが、ふっと真剣な顔になった。

「光恵ちゃん。ミッション、出していいかな？」

「え？」

「信頼してくれたみたいだから。心の声、鳴り止んだでしょ？」

「！」

「私のコメントに、反論する心の声（笑）」

「お見通し、なんですね……！」

「あ、心は読めないよ！　心の声が聞こえているわけじゃないから安心してね（笑）。

ただ、腑に落ちているかどうかは、顔に出るものだから、それは顔を見ていたらわかるよー」

美人で、恵まれていて、ずるい、とは思う。だけど、いつの間にか、ハナコに対する否定的な気持ちは消えていることに光恵は気づいた。

だって、この人は、なんだか可愛い。それにすごく優しい。私が何を言っても、適当に受け流したりしなかった。私がぶつけるすべてを真正面から受け止めて、そして真っ直ぐに打ち返してくれた。私のことをバカにした瞬間が1秒もなかった。

「……ミッション、お願いします！」

「うん！　では、ミッションを出すね。

ミッションその①　すべてを『自分のせい』にすること」

「自分のせいにする……!?」

「うん。これから、自分の身に起きることは、どんなこともひとまず『自分のせい』にしてみよう」

「……？？？」

「自分のせいにするってことはね、自分がどういう行動をとっていたら、そうならないで済んだか、それを見つけることなの」

自分がどういう行動をとっていたら、そうならないで済んだか……。

「それを見つけることで、その時に味わった嫌な思いは二度としないで済むようにできるから。

どんなこともね、それが自分のせいであれば、改善することができる。自分のせいで起きたことは、二度と起きないように対策を打てるんだよ」

「自分のせいであれば、改善できる……」

「うん。人のせいや、運のせいにしてしまったら、その現実はどうすることもできないけど、自分のせいなら、自分が行動を変えれば、未来は変えられるから。

自分のせいにすることができれば、そこからどうにかできる。だからね、自分のせいにする習慣をつけよう」

「やったことがないから、ちゃんと自分のせいにできるかわからないけど、やってみます……！」

「いいね！　じゃあ、今日鳩のフンをくらったのは、どうして？」

「私があの道を日傘もささずに通ったせいです」

「ご名答」

ハナコは楽しそうにニコッと笑った。

「訓練のために、私も出題していいですか？」

「出題（笑）。どうぞ！」

「私、よく誤解されるんです。私のせいだと思うんですけど、私の何がいけないんですかね？」

「説明不足なんじゃないかな。人から誤解された時は『私が言葉足らずだったせい』と考えてみるのはどうかな。そうすれば、あとどんな言葉を足していればわかってもらうことができたのかって考えることができる」

「なるほど……！」

「うん！　じゃあ、次のミッションね。

ミッションその②　どうすれば、そうじゃなくなれるのか考えて、努力してみること。

これもぜひ、念頭に置いてほしい！」

「どうすれば、そうじゃなくなれるのか……考えたことなかった……嫌なことがあったら嘆いたり文句を言ったりしているだけだった……」

「あのね、光恵ちゃんが『この人は生まれつき恵まれている』って思っている人の中には、努力をしてそうなっている人もたくさんいると思うよ」

「そうなんですかね……？　にわかには信じがたいですけど……ハナコさんは、そういうのありますか？」

「努力で克服したこと？」

「はい」

「山ほどあるけどねー、わかりやすいのだとねー」

そう言うとハナコは、大きな瞳で大げさに斜め上を見上げ、考えるような仕草をした。可愛い。優しくて可愛い人は最強だ。光恵は素直にそう思った。

「光恵ちゃん、私の髪質って、どう思う？」

「え？　ツルツルというかサラサラというか、天使の輪があって綺麗だなって。私はくせ毛だから、ああいいなぁって、顔やスタイルだけじゃなく髪質までよく生まれていて恵まれているよなぁ羨ましいなぁって」

「これ、スタイリングテクニックの賜物だよ。アイロンの力だから。ヘアアイロンで、髪質を殺しているだけだから」

「え？」

「元の髪質、鬼のくせ毛だから」

「え……!?」

「光恵ちゃん、ノーセットでその程度のくせ毛でしょ。私よりだいぶマシだから（笑）」

「そ、そうなんだ……！」

「うん。だからね、他人が裏でどんな努力をしているのかなんてわからないし、大人になって出会った相手の何が生まれつきで、何が努力で克服したことかなんて、全然わからないものなんだよ」

「そうですね……」

「羨ましがっている対象は実在しないものかもしれない。光恵ちゃんが思うほど、恵まれている人はいないのかもしれない。だから私としては、その気持ちから自分を解放してあげてほしいよ。

妬《ねた》むのってすんごいエネルギーを使うし、ストレスになるし、疲れるからね」

「たしかに……妬むのって、すごくイライラするから、体に悪そうだなぁとは思いますね……」

「自分と向き合って、自分をどうにかする。それしかないよ」

「……はい!!」

小学校低学年でブスを自覚したあの時から、自分の中には、ありとあらゆる他人への嫉《そね》み妬み僻《ひが》みが渦巻いていたように思う。そしてそれはそのまま「運が悪い」ことへの苛立ちになっていた。

こんな風に私を産みやがって。とんだ災難だ。ずっとそう思っていた。そしてこれから先もずっと、こんな人生を生きていくしかない運命なのだと思っていた。

光恵は、自分の中にあるそういう黒い気持ちがまるで浄化されていくような、そんな解放感を感じていた。心が軽い。こんな気分ははじめてだ。

「光恵ちゃん、次が最後のミッションね」

最後のミッション。一体なんだろう。ドキドキする。ワクワクもするし、少しだけ緊張もする。

「ミッションその③『幸せになる』って決意をすること」

「……!」

「光恵ちゃん、幸せになりたがろう。その意志がないと、幸せな人生って手に入らないんだよ」

❖

帰り道で、光恵は早速日傘を買った。そして、さっき鳩のフンを落とされた場所を無事に通り過ぎると、少し離れたところで立ち止まり、振り返ってみた。

「めっちゃ鳥だらけ……。そりゃフン落ちるわ……」

光恵はそこが、多くの鳥たちが休息所として活用している電線の真下であることに気がついたのだった。

光恵ちゃん、幸せになりたがろう。ハナコの言葉が蘇《よみがえ》る。

私の幸せってなんだろう。何が手に入れば、そして何を手放すことができれば、私は「幸せだ」と思えるのだろう。

日傘を買った雑貨屋でピンク色のノートも買った。家についたらこのノートに、私の幸せの定義について書き出してみようと思う。光恵はワクワクしていた。

❖

その日、佐藤はいつもよりも30分早く出勤した。雨の日はハナコが30分前に来るので、それに合わせて佐藤も早く入るのだ。ハナコが来る15分前に鍵を開ける。エアコンをつけ、空調を整える。そして5分前にヘアアイロンのスイッチも入れておく。

「先生、おはようございます。アイロン温まってますよ」

「お、ありがとうー！　いやー、雨の日はね、ここに来てからセットしないと、家でどんだけキメても、外に出たら一発で終わるからね、アホ毛大爆発」

「ですね。どんなスタイリングも、湿気には勝てないですよね」

「そういうこと」

「今日の予約リスト、ここに置いておきますね」

「ありがとうー」

「今日は男性の相談者が多いですよ。あと、けっこうご年配の方もいらっしゃるかも。名前から推測するに」

「そうなの？　なんて名前？」

「彦三郎《ひこさぶろう》さん」

「たしかに、渋いね。親世代より上そうな気もするね」

私の仕事は、人の悩みを解決することだ。年齢も性別もさまざまな相談者たちがいろんな悩みを持って、毎日ここにやってくる。

「先生、僕、いつも思うんですけど」

「ん？　なに？」

「相談されて、返す言葉に困ることってないんですか？　毎日これだけいろんな人が来ていると、どう答えたらいいかわからないような相談もさすがにありそうなものだけど。先生が言葉に詰まっているの見たことないなぁって。あ、いつも盗み聞きしているので」

「ないよ！」

「ないんですか」

「うん、だって、その場で考えて答えを出しているわけじゃないから」

「え？」

「もう、とーっくの昔に、私自身が悩み倒して解決した悩みしか、出てこないから。どれも過去に作戦を立てて解決したことがあって、すでに解決策を見つけ終わっているから、パッと答えられるの」

ハナコは思う。私こそがきっと、この世で一番、悩みやすい人間だと。物心ついた頃からずっとそう。そして悩んだ数だけ作戦を立てて、生きてきた。

「はー、さすがですね、先生。やっぱり僕の想像を絶してます」

「ねえ、佐藤くん」

「はい」

「人生って、どんな人が勝ち組だと思う？」

「え？　勝ち？　えー……お金も愛も手に入れている人とか、ですか？」

「常に今を『幸せだ』って思えていて、今日ちゃんと笑っている人」

世の中には、勝ち組と呼ばれる人と、負け組と呼ばれる人がいる。

勝ち組にあって、負け組にないもの。それは、「幸せになる」ことへの決意であり、「幸せでいる」ことへの執着だ。

「絶対に幸せがいい！　幸せじゃなきゃ嫌！」という気持ちが固まった時、どんな人でも勝ち組への一歩を踏み出せる。

「なるほど。じゃあ僕は勝ち組です」

「うん」

「なんで、って訊いてください」

「なんで（笑）」

「先生の助手になれたから。先生が僕の人生の登場人物でいてくれる限り、僕は勝ち組です。毎日楽しいですから」

「そっか、それはよかった」

作戦を立てて実行することは、その悩みから自分を解放することだ。悩みにつきまとわれて生きていくことに私は耐えられない。だから必ず、解決したい。

未来は、いつだって、今日ここからする言動次第だ。

下田美咲（しもだ みさき）

1989年、東京都生まれ。13歳でスカウトされ、モデル、タレントとして活動。高校卒業後、数年間のニート生活を送るが、21歳のときに自身が企画・撮影・編集・演出・監督を務める「下田美咲の動画プロジェクト」をスタート。YouTubeで当時としては異例の1000万回再生を突破し、飲み会コールを世に広めた「コールの盛り上げ女王」として注目される。25歳で「note」を始め、美容と健康にまつわるコラムとレシピを発売。たちまち人気コンテンツになり、その頃から執筆活動に力を注ぐようになる。26歳で「cakes」にて連載をスタートすると、同サイト年間ランキング1位を獲得。27歳で結婚を機に、活動のメインを執筆にシフトする。著書に『生きているだけで死にたくなるような世の中で生きていてもいいような気がしてくる119の名案』（竹書房）、『新型ぶりっ子のススメ』（KADOKAWA）、『そうだ、結婚しよう。』（毎日新聞出版）、『私に都合のいい人生をつくる』（大和書房）がある。

※本書は、ウェブサイトcakes（ケイクス）に2017年6月から連載中の「人生の作戦会議！」を加筆・修正し、新たに書き下ろしを加えたものです。

人生の作戦会議！
なんでも解決しちゃう女、王生際ハナコ

2017年12月20日　第1刷発行

著者　下田美咲
発行者　見城徹
発行所　株式会社 幻冬舎
〒151-0051 東京都渋谷区千駄ヶ谷4-9-7
電話 03（5411）6211（編集）
03（5411）6222（営業）
振替 00120-8-767643
印刷・製本所　中央精版印刷株式会社
編集担当　加藤貞顕（株式会社ピースオブケイク）
榎本紗智（株式会社ピースオブケイク）

ISBN978-4-344-03236-1 C0093

幻冬舎ホームページアドレス　http://www.gentosha.co.jp/
この本に関するご意見・ご感想をメールでお寄せいただく場合は、comment@gentosha.co.jp まで。